天星诗库

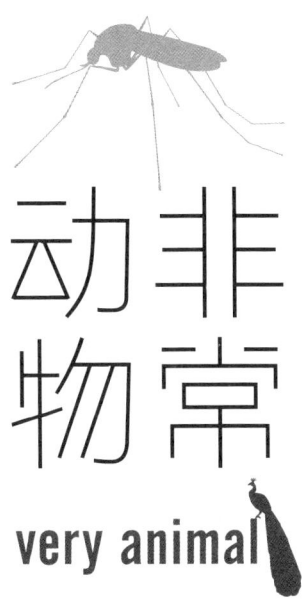

非常动物

very animal

臧棣 著

山西出版传媒集团 北岳文艺出版社

·太原·

图书在版编目(CIP)数据

非常动物 / 臧棣著. —太原：北岳文艺出版社，2021.12

ISBN 978-7-5378-6502-9

Ⅰ.①非… Ⅱ.①臧… Ⅲ.①诗集—中国—当代 Ⅳ.①I227

中国版本图书馆CIP数据核字（2021）第276463号

非常动物

臧棣 / 著

//

出品人
郭文礼

选题策划
王朝军

责任编辑
王朝军

书籍设计
张永文

印装监制
郭　勇

出版发行：山西出版传媒集团·北岳文艺出版社
地　址：山西省太原市并州南路57号　邮编：030012
电　话：0351-5628696（发行部）　0351-5628688（总编室）
传　真：0351-5628680
经销商：新华书店
印刷装订：山西人民印刷有限责任公司
开　本：787mm×1092mm　1/32
字　数：226千字
印　张：9.375
版　次：2021年12月第1版
印　次：2021年12月山西第1次印刷
书　号：ISBN 978-7-5378-6502-9
定　价：48.00元

本书版权为本社独家所有，未经本社同意不得转载、摘编或复制

目录

卷一 | 迷人的海洋

003　冰岛观鲸记
005　美人鱼简史
007　章鱼简史
009　大白鲨简史
011　海豚简史
013　虎鲸简史
015　小白鲢简史
017　鲽鱼简史
019　锦鲤简史
021　鳟鱼简史
023　虎头鲨简史
025　江豚简史
027　泥鳅简史
029　鲈鱼简史
031　蓝光简史
033　蓝鲸乐队丛书
034　红珊瑚简史
035　金枪鱼简史

037　巴西龟入门
039　水獭丛书
041　海蛇丛书
042　抹香鲸丛书
043　海豚日记
044　美人鱼
046　海螺协会
048　剑鱼协会
050　海胆协会
052　海豚协会
053　海马协会
055　水母协会
057　鹦鹉螺协会
059　白星宝螺丛书
061　海豹丛书
063　海豹协会
065　唯心的蝌蚪入门
067　鲸鱼入门
068　北京野生鲶鱼入门
070　鱼刺简史

卷二 | 飞翔之光

- 075　翠鸟简史
- 077　金丝燕简史
- 079　军舰鸟简史
- 081　鸳鸯简史
- 083　鹭鸶简史
- 084　蓝天鹅简史
- 086　红喉歌鸲简史
- 088　偷食者简史
- 090　珠颈斑鸠简史
- 092　斑鸠简史
- 094　戴胜简史
- 096　画眉简史
- 098　白头鹎简史
- 100　黑水鸡简史
- 102　鸭先知简史
- 104　喜鹊简史
- 106　拐点出现之前的鹩哥简史
- 107　观鸟权简史
- 109　如何向一只冬天的喜鹊发出诗的邀请
- 111　巨鹰简史
- 113　麻雀简史
- 115　蝙蝠简史
- 117　乌鸦简史
- 119　银鸥入门
- 120　黑背鸥的爱巢入门
- 122　绿头鸭入门
- 124　青鸟协会
- 125　白鹭丛书
- 127　猫头鹰丛书
- 128　猫头鹰协会
- 130　就好像斜对面有只猫头鹰入门
- 132　夜莺协会

卷三 | 鸟语是有味道的

- 137　金翅雀协会
- 139　绶带鸟协会
- 141　转引自假如鸳鸯会说人话入门
- 143　青鸟入门
- 145　黑鸟观止
- 147　候鸟
- 148　候鸟丛书
- 149　水鸟标本是如何制作的丛书
- 151　白鹤丛书
- 152　也许我看见的就是黑尾鸥协会

153	海鸥丛书		192	马蜂窝简史
155	孔雀的报复丛书		194	蝼蛄简史
157	孔雀舞协会		196	秋蝉简史
158	一只喜鹊是如何起飞的入门		197	蜂巢协会
160	来自喜鹊的暗示丛书		198	蝴蝶课入门
162	观看鸟巢如何搭起		200	蝴蝶不是刺客
163	在花盆里孵蛋的野鸽子		202	蝴蝶来信
165	乌鸦节丛书		204	为什么是蝴蝶协会
166	天鹅日记		205	最后的蝴蝶入门
			206	竹眼蝶丛书
			207	蝴蝶简史

卷四 | 莎士比亚的蚂蚁

			209	蚂蚱
169	翅脉简史		211	蚊子
171	蛇蜕，或龙衣简史		213	小生灵
173	蚂蚁简史		214	反昆虫记
175	蚂蚁语言学简史		216	游泳池里的胡蜂
177	观蚁记		218	莎士比亚的蚂蚁
179	蜻蜓丛书			
181	蚯蚓丛书		## 卷五	跨越领地之谜
183	蜥蜴简史			
185	蜥蜴丛书		221	野马简史
186	白眉蝮蛇协会		223	都灵的马入门
188	蛇足简史		225	蓝狮简史
190	黑胸胡蜂协会		227	猎豹简史

229	熊牙简史	273	豪猪协会
231	黄鼬简史	275	铁牛丛书
233	北方的狼入门	277	狐狸丛书
235	棕熊的世界丛书	278	红胸松鼠丛书
237	梅花鹿丛书	279	东山羊丛书
239	马鹿协会	280	红猴
241	香獐	282	绿猴
243	刺猬	284	蓝猴
245	刺猬简史	286	有关时间的马群
247	像金钱豹一样的天气	287	黑骆驼
248	黑猫简史	289	野兔
249	狸花猫简史	290	野狗丛书
251	白猫简史	292	马粪丛书
253	夜猫简史	294	夜明砂简史
255	波斯猫协会		
257	黄猫		
260	很多毛		
262	绰号黑牡丹丛书		
263	另一个休谟简史		
265	假如被压死的狗也有偏见入门		
267	狗世界丛书		
269	鹅喉羚协会		
270	兔子协会		
272	白马协会		

卷一 ｜ 迷人的海洋

冰岛观鲸记

从长远看,地球就是宇宙中的冰岛。

——哈德尔·拉克斯内斯

飞机降落,火山的礼物
因地形平坦而显得性情温和;
走到哪儿都能立刻感觉到
铅灰色的海水漫过现实的神话,
从四周向我们围涌过来。

整整七天,几头长须鲸
像是和另外一群驼背鲸谈好了
新节目的价格似的,
开始没日没夜出没在
我的脑海深处。

我喝啤酒时,它们喷出的水柱
将冰蓝的大西洋浪花
一直溅射到星星的手指上。
需要证据的话,我嘴里的泡沫
就弥漫着一股鲸鱼精液的味道。

相处的距离越来越近,

它们的自信起伏在陌生的真实感中；
它们将巨大的尾鳍举出水面，
搅动着大海的神经，拒绝
世界的本质已被定性。

就这样，它们出没在我的脑海里，
令自由的层次有了新的可能。
我突然意识到，我构成了
它们唯一的现实。而它们的活跃
似乎从未受到过虚构的影响。

它们的动机可一直追溯到
我们仿佛来自别处。它们的目的
似乎很明确：就好像成年之后，
那片海域，是唯一可将我清晰定位在
它们的世界中的一种方式。

2010 年 12 月　2016 年 2 月

美人鱼简史

> 人生,不过是借神之手撰写的神话故事。
> ——安徒生

迷人的形体被呈现在
各种材料里;有的,很粗糙,
有的,已精美到色情
怎么都和它扯不上关系。
但事实上,它很难见到;
甚至在奇遇里,它也警惕着
人的眼神。它无意媲美你心里的女神;
更不需要大理石雕塑
来帮它抵抗时间对美的侵蚀——
越漂亮的雕塑,看起来
越是想利用一个静止的姿势
将它固定在世界的牢笼里。
大海的精灵,诸如此类的说法,
也显得很外围;它的美不需要被纪念。
如果个人的记忆足够真诚,
给予它的形象,就是多余的;
它不需要我们的崇拜,尤其不需要
你的见证;因为根据经验,
你很难保证:你的好奇不会被魔鬼利用;

譬如，私底下流行的
一个偏见里：它的形体看上去
并未完全进化，流畅的曲线
仅仅保留了对大海的友谊的
一种消极的顺从。而我们爬上岸，
腹鳍变成四肢，我们的形体
几乎已适应了人对自然的
无休止的征服或掠夺。除非触及
否定的残酷，否则你怎么会承认：
和它相比，我们身体的进化，
看上去更像是没能经受住
魔鬼的利诱。我更愿意设想，
它是令我们深感耻辱的一个幻影，
通过刺激人类的想象
令你渐渐靠近窄门的缝隙。
如果有人在我面前声称，
他见过真正的美人鱼；
我不会反驳他，我会选择相信：
只有魔鬼才会觉得，他确实没有说谎。

2013 年 12 月　2021 年 7 月

章鱼简史

那里,冰冷和黑暗加深了
一个神秘的缺席;大海和时间
共有着同一个底部:细沙埋没细沙,
将最原始的舞台积淀在
它的出没中。在你之前,
为了寻找爱神的起源,我仿佛
独自去过那里。幸好,
我身上少得可怜的虾青素
不足以引诱它消耗
动物世界中最可怕的伪装。
它的天性中全无道德的影子,
所有的杀机都不过是一个环节,
和自然有关,却不构成自然的意义;
强行过滤掉其中可疑的部分,
它的完美的矛盾就会苦闷于
一个古老的循环:因嗜血而聪明,
紧接着,因聪明而更加嗜血;
无数的杀戮将它推迟到
和我们同步出场。而我们
却无法确定,站在我们这边的爱,
什么时候才传递到它的变形中。

它的形象似乎已被固定：既是幸存者，
也是毁灭者；每一次角色的转换，
它都丰富了生存之谜；唯一的失误，
就是太迷恋带瓶口的器物，
以至于纵容了人类的狡猾。
美味到无法抗拒，也会带来
一个麻烦：作为纯粹的对象，
地球上最聪明的软体动物，
你的旁观不会止步于一个事实的
自我裂变：就好像原先
只在它的世界里发生的
同样的杀戮，不仅规模翻倍，
也将我们推迟到不得不和魔鬼同行。

2020 年 3 月 20 日

大白鲨简史

反射回来的超声波里
猎物的味道已接近完美,
但作为移动的目标
或陌生的对象,怎么会有
这么大的区别:很少见到的,
笨拙的四肢和金枪鱼
或青鱼的鳍比起来,简直太丑了;
就好像大海的另一边,
天堂已输给过地狱不止十次。
这是它的另一面,
除非幸运于诗的秘密,否则你
永远也不可能察觉到
这些不文明的插曲。
但从语言的角度,你熟悉的,
也恰恰是"它的另一面":
古老的血腥尖利在它的牙齿中,
一共六排,传说中至少有
五千颗锋利的顶级白牙
才能令大海的内部保持好平衡;
仔细数的话,连密密麻麻的
藏在里面的白色小星星

也会激动得哆哆嗦嗦；
如果你忘记了带诱饵，或者
总是习惯于傲慢的想象
世界上的诱饵只可能存在于
你的身体之外，那么紧张的时刻
就会随着露出水面的背鳍，
迅速游向你的恐惧，游向你
仿佛还来得及发出
和人有关的，一阵叫喊。

           2019 年 11 月　2020 年 4 月

海豚简史

海洋和陆地的分离
像一对在梦中告别过的情人
弄皱了它光滑的航海图;
比自由还下潜,直到鲜美的乌贼
被新的流线型完全吸收;
甚至直到欢愉比欢乐
还纯粹,可以跨越物种,
将你深深感染在椰树的阴影中;
甚至连海风也会压低
其他的杂音,将你的听力
释放在它的出没中:蔚蓝的海面
主要用于辽阔中的冲刺;
一个漂亮的腾空跃起,
连白云的脚趾也会沾上
它拍击出的浪花。没错,
它身上,最适合你或人类的,
就是带着原始斑纹的镜子;
趁着晚霞如此迷人,好好照一照吧。
它的体形是对爱抚的次数的
一次神圣的总结,以至于
没留下更多的可塑性。

就知道你早已经忘记了
大海的舌吻,所以它特意
将圆锥形的喙部加宽到
比大海的微笑还迷人;
最后的保留节目也是为你准备的,
用回声定位到你身上的
鲨鱼记忆时,它兴奋得就好像
魔术表演的舞台终于
轮到了大海,而你看上去
如同一个变形的浮标,却试图测试
上帝之手就隐藏在它的推举中。

2019 年 9 月

虎鲸简史

原始的黑夜和欢乐的白昼
已将它身体表面的颜色
进行了新的处理,永久性的标记,
不可逆,近乎一次完美的涂抹,
且精确得就像它可以按这黑白的比例
将成年之后它必须要面对的
死亡直接在海豹和海狮中间
重新分配:海豹属于典型的黑色食物,
个头小一点的海豚,包括海狗
属于白色食物。那些圆锥形犬齿
可不只是外观漂亮;有目击者作证,
大口张开后,它能一次性
将整只海豹吞进腹中。如果饥饿
被大海的游戏背叛,它甚至
会冲过去,撕咬大白鲨。
正常情况下,它的鲸歌
即使在我们听来也是神奇的;
蕴含着巨大的情感,就好像
大海的五分之一是它专有的歌剧院包厢。
甚至情感的交流也很有效,
绝不输于人类的赌咒。甚至仅仅

从身体的外形，你也能感受到
它的情感的重量。漆黑的背鳍
像一把举起的镰刀，随时准备递向
大海的真相。为了证明你有过
一个深沉的梦想，并且确实没有看错，
它的腹部是雪白的；比醒目还刻意，
就好像大海深处，一次雪崩的胎记
只能由它来保留。

2020 年 2 月　2021 年 9 月

小白鲢简史

在那一边,如果有人问起,
这将是一项绝对的纪录:
你的钓龄是从三岁开始的;
和同龄的城里出生的孩子比,
你的捕猎技艺开始得更早,
甚至深深烙进了童年的轨迹。
细长的钢色鱼竿,橘红色的小桶,
浅蓝色的网鱼兜,这器具的颜色
搭配得近乎完美;即便融入
岁月的布景,也不会轻易褪色;
每一次,它们轻微的颤动,
都会将我和你慢慢兜进
回荡着翠鸟欢叫的芦苇丛中。
每一次,腾飞的绿头鸭
都会成为晚餐上的重大新闻。
尽管口齿还有待完善,
但不到四岁,你已主持过
鸳鸯的出场。最惊人的消息
莫过于:没人教我,但爸爸
让我猜时,我第一次就猜对了——
羽毛好看的、个头大的,是公的。

每一次,"动物世界"的小尾巴,
在现场被抓住时,你的开心
都会进一步混入你的信心。
在你的钢琴课、跆拳道课、英文课
绘画课开始之前,你的钓鱼课
已经让湖水的味道浓过了
街道的味道。我确信
你将永远记得我和你一起
发明的"绝活":在罐头瓶里
撒入馒头渣,沉入湖水,
两分钟后,猛地拽出水面,
里面的小白鲢最多的时候,
竟然一次可以有七条。
而我也将永远记得你的
近乎哲人的小总结:这方法
倒是很好;但你依然喜欢用鱼竿
钓上来的小白鲢,而且那符合
你的原则,你更偏爱单数。

2020 年 8 月　2021 年 3 月

鲽鱼简史

可爱的小眼睛,像是要故意
给人类的命名权出难题,
都长在了一边;但据研究
海洋鱼类的朋友透露,
刚出生时,它们的眼睛其实也是
一边一个,和其他的海鱼
并无分别。游动时,
长着眼睛的一侧始终朝上;
意思似乎是,深海之中,
腹部的朝向决定着与生俱来的
安全感。这一点,和狗
处理亲疏关系时采用的方法
有相似之处。它们的美味
和爱情的滋味也有相通之处,
但涉及的细节却不便娓娓道来。
我偶尔会想起另外一个细节,
以前经过水产柜台时,如果标签上
写着的是比目鱼,我几乎
没什么感觉;但如果标签换了,
同样的东西一旦标明鲽鱼,
我就会停下脚步,像被激活了

潜在的食欲似的，伸出手指，
通过观察鱼身的回弹程度
判断鱼肉是否新鲜。有趣的是，
卖海鲜的眯眯眼师傅也证实：
这东西叫比目鱼时，很少有人问津；
还是叫他妈的鲽鱼的时候，卖得火。

2019 年 3 月 17 日

锦鲤简史

与水底相对,但解释起来
这角落里浮着小睡莲的池塘
真的会有一个透明的顶部
不能被简化成平静的表面吗?

很慷慨,常常被借用:
谷雨时节,美丽的花影
会将这明亮的表面
挪用成天真的镜子。

倒影的妩媚中,各种招展
练习自我粉碎,以避免
在人的眼中,普遍的凋谢
如同一种结局,或宿命。

初夏时,从那里透气,
即使不隐喻,表面也已远远
大于水面;谁还会介意
它看起来像任由碧绿的细浪

打开的天窗呢。如此,所有的

完美都不过是一种铺垫；
轮到它们出场时，你甚至怀疑
人类还能不能配得上旁观。

针对性有点暧昧，但它们的悠游
绝对算得上是一种表演：
尾巴缓缓摆动，吐纳的嘴巴
冲着你时，就好像你居然忘了

我们曾精通过一种水的语言。
如此，它们游进你的印象，
游进你的记忆，直至你的觉悟
轻轻摇摆在它们的影子里。

2019 年 5 月 13 日

鳟鱼简史
——赠贾梦玮

有没有这样感觉:茫茫人海中
能一起安静地坐下来
和你谈论鳟鱼的人已越来越少,
情形罕见得就好像死亡已不顾羞耻。

而时机的重要性表明每个人
都不该荒废生命的孤独。除了美味,
脱钩的鳟鱼,意味着灵魂的胜率
可以完全不受骰子滚动的影响。

有没有比较过怎样的品质
才可能如此优秀:畅游时,潜入大湖
或海湾;产卵时,哪怕历经劫难
也要回到清澈的溪流中。

两个小时后,浑浊的水质和视力的关系
将会被提及;而金鳟的显性遗传
注定会把华美的金黄体色升华到
令虹鳟或银鲑只能望尘莫及。

想不明白就只能这么认栽:

有些很趁手的鱼钩,
是将用熔化的骰子制作的。
而戒指熔化后,却怎么也做不成钓钩。

最后的问题,有没有被自己吓过一跳:
当一个人为了取得某种微妙的优势,
突然打断对方的兴头,高调宣布:
我只吃自己钓上来的鳟鱼。

2019 年 12 月 7 日

虎头鲨简史

围观已经升级。而它的背鳍像
即将进化的闪烁着寒光的
金属翅膀,尾鳍则像
可疑的世界曾输给过
可疑的剪刀;不论你
是否已脱贫,它都算得上
顶级宠物。原始崇拜
才不讲究现场现不现实呢。
它的漂亮的折返尤其表明:
第六感在它身上已沦落为
一种准恶习;就好像
只要再多转几圈,可怕的冲动
自然就会导致完美的上钩。
而我们则被阻止在表象之外,
虽然距离很近,虽然可以看得清
绝对的观赏性随时都在给它上弦,
让它的野性慢慢消磨在
钢化玻璃的另一侧。
即便有人指出它实际上
不同于蓝鲨,指出那分类的
真相必须保持一个高音量:

不。它还远远不是鲨鱼,
它顶多是外形容易引起误会的
一种鲶鱼。和胆小成反比,
温顺中它隐藏了太深的攻击性;
只要在投食范围内,它的体形
就大得和圈养它的水域不成比例;
并且这比例的失衡会加剧
戴上了面具的内疚,直到
饲主将买来的半盆泥鳅
作为一种弥补,投入鱼缸。
每一次,浑身溜滑的泥鳅的
暂时的逃脱,都只会激化
它身上淤积的原始的愤怒。
假如用一个冲刺就能结束
所有的屈辱性试探,它做到了:
撞碎玻璃的一刹那,
它也将泥鳅吞进了肚腹。

2020 年 1 月

江豚简史

湘江的尽头,减速的沅江
也贡献了一片辽阔。放眼望去,
唯有烟波依然像一种阵势,
令你成熟于风景多么背景。
就出没的概率而言,
浩渺才不满足于自然呢,
浩渺犹如它们的前戏;
更露骨的,作为一种暗示,
你绝不可能在狭窄的水域里
看到它们的身影。人生中
有很多遭遇甚至能让死亡
突然丧失可怕的深奥,
但在遭遇的意义上遭遇到它们,
几乎不可能;你只能期盼
与它们不期相遇,并在岁月的流逝中
将这偶然的情形慢慢酝酿成
一种反记忆。譬如,它们代表造物之美,
但不代表自然的机会越来越暧昧;
它们代表世界的可遇性依然不容低估,
但不代表每个人都能识破——
一旦跃出水面,那铅黑的流线体

会绷紧一个果断,并在下一刻,
如同切下去的刀,仅凭瞬间的仁慈,
就已将人生的漏洞揭示得浪花飞溅。

2019 年 6 月 17 日

泥鳅简史

出卖已成定局,低廉的,
并不只是价格,还有围绕着它的
好坏的谈论。而它自己
由于浑身布满腻滑的黏液,
几乎感觉不到谈论它的口吻
有多么粗俗,就好像它感觉不到
它作为脊索动物的无鳞的命运。
它的命运是强加给它的:
出于旁观的需要,或出于
旁观者的怜悯。至少听上去,
带鳍的人参,不太像是
一种容易被剥夺的幻觉。
凭着五根细须,它能感到
它被扔进野蛮的塑料袋,
泼了水,但绝不是出于好心;
袋口被细绳扎紧时,它似乎还能
觉察到新主人已注意到
出于死亡本能,它会拼命扭动
它无鳞的软体。就好像既然
付了钱,在表演钻豆腐之前,
它有义务将它的挣扎呈现在

世界的无知中；至于他的无知，它已预感到，那其实和往浑水里滴几滴香油没什么区别。

2020 年 1 月 1 日

鲈鱼简史
——仿 T.S. 艾略特

因鲜美而频繁卷入
非正常死亡；它们的命运
早已注定，像带鳞片的天平
不断因它们失衡的重量，
朝我们这边倾斜，最终形成了
一个死角，露出更多的白肉。

但实际上，更有可能，
在我们出现之前，
狡猾的天敌另有其人；
它们是被它们身上的味道出卖的；
你不过是把筷子当成
变形巧妙的秤杆，顺路称了几下。

后果堪比一次水下爆破，
并波及怎么都很开窍：
生活的滋味由它们来举例，
不伤任何人的面子。即使以前
有点迟钝，也很容易
在新的记忆中获得自我的原谅。

甚至天气美好的时候,时间的宝贵
突然有了另外的意思,你再也不想掺和
关于它的箴言是否还需进一步推敲:
譬如,从不上钩的鱼,
只有魔鬼才能判断
它是如何看清那些诱饵的含义的。

2021 年 9 月

蓝光简史
——赠杨献平

很抱歉,被奇异的事物
吸入一个陌生的
变形之前,没能早点指出,
这里所说的,蓝光并不很常见——
特指巨大的冰层下,
从遥远的十足生物南极磷虾身上
发出的光亮。水冷得
足以熄灭地狱,但抱歉触及的
深度其实比熄灭的地狱
还要再深 4000 米。怎么否认
才能向大海的蓝眼球澄清
美丽的磷虾永远也无法理解的事情呢:
你的牙齿上有海豹的纤维,
你的手上有捕捉鲸鱼时留下的疤痕,
你的肠子里有尚未吸收的虾青素,
你的记忆中有你从未抵达过的
现场。那里,像是出于
一种特殊的安排,既是对恐惧的反应,
也是对交欢的庆贺,那构造完美的
晶体发光器更急于向你颁布
最新的进食准则:精神的饥饿

是一道古老的蓝光，连幽灵们
也开始习惯于陌生的安静。

2021 年 9 月

蓝鲸乐队丛书

蔚蓝的浮力
如实记录下蓝鲸
做过的一个梦：大海已被刺穿。

原始的呼唤，不止是
猛烈的带鳍的钻头；
甚至巨浪也很像突然松开的绷带。

而我们作为人，却怎么也找不到
那些穿孔。对世界的伤口而言，
我们的抚摸其实很有限。

或许，我们做过的
是另一个梦：我们下潜到
它们做爱的深度；

那里，我们的快乐陌生得就好像
天使从未生吃过
爱跳芭蕾舞的磷虾。

2005 年 5 月

红珊瑚简史

那年夏天,收拾旧时光的死角时,
一座大小如台灯的红珊瑚
被翻出来;凸起很局部,
像被温柔的厚厚灰尘装饰过的
张扬的鹿角;用水清洗后,
只要有片刻的寂静从你的身边
刺穿生活的喧嚣,它就会把这些寂静的碎片
像跳舞的电流一样收集起来,
用他们的常识以为绝不可能的方式
存入它坚硬如钙化石的骨头中;
这之后,人的眼光已卷入
涌动的波浪下一个潜伏的期待;
而你会转身,沿腥咸的
折射率追踪到新的时间刻度——
就好像一个大海的秘密已慢慢孕育;
你的好奇心总有一天会注意到
它美丽的八角触须像
殷勤的劳作,参与制作了
最可信赖的星光的胃口。

2019 年 12 月　2021 年 1 月

金枪鱼简史

成年之后,特别的觉悟
注定和特别的味道
关系密切。在别的物种身上
不可能出现的交叉回味
沿着它光滑的纺锤形
甚至追溯到我们共同的起源
岂止非常深邃;至于肉质
确实鲜美,不过是
一个刚刚剪开的小口子。
可公开的部分,尤其欢迎
伟大的探险记也穿上一次
花泳裤,比直观还直观。
它身上的金子呈深红色,
且醒目地长着新月状的背鳍;
它身上的枪的形状比较隐晦,
实在克制不住的话,
你只能从一条重达85公斤的雌鱼
每年可产700万粒鱼卵
推想出一个大致的轮廓。
重点在这里:和金子相比,
它摸上去很柔软,暗含着可爱的弹性;

带着宇宙中最快的海洋速度
飞快冲向鲭鱼的队形时,
正如你有时会向撒旦的智慧抱怨的,
它就像一颗浑身披满银色圆鳞的鱼雷
正在冰冷的深海中全速醒来。

2019 年 6 月

巴西龟入门

你已接近四岁,好听的故事里
只要滴上几滴魔水,
世界就是新的。你的手指
常常越过浩瀚的太平洋,
在那片暂时还没有
被我们发现有更好的名字
可取代亚马孙的神奇的土地上
画着一个又一个小圆圈,
偶尔也有对勾;但即使你
如此爱我做的红烧牛肉,
也不能解释清楚,藏在
那稚嫩的符号背后的深意
究竟包含着怎样的魔力;
食人鱼的故事早该更新了,
否则的话,它只能吓唬一下
没听说过美洲狮的小屁孩。
你的为什么,永远都比天真更伟大。
这几只巴西龟真的是
从太平洋里游过来的吗?
你不会数错,绿荫下的水箱里
永远都有两只顽强的巴西龟;

即使放到寂静的院子里
无人照看,也不会被野猫叼走。
它们背部深绿的条纹图案
在你的梦里能迅速扩展成
热带雨林深处纵横交错的河道;
没错,别看它们身形扁小,
它们身上背负着不会褪色的
地球仪上的图案,随时会发酵
你对遥远的世界的想象。

2018 年 4 月

水獭丛书

湮没的时间蜕变成
记忆模糊的杂草；从上游
到下游，植物的茂密
更信赖低矮的风向；向前探寻的话，
每一步，都很深，深到洞穴
就在附近。一抬头，只有白云的影子
是明亮的。从半小时里
见到的青蛙的数量判断，
你的直觉似乎是对的，
水獭的繁殖期已接近尾声。
而要说清楚喜爱它们的理由
则意味着你的角色
必须重新转换。首先是
深刻的检讨：你弄丢的水域
已被它们出没成快乐的家园。
其次，悔悟也必须涉及底线：
因为你弃用的名字已被它们带进
陌生而又遥远的深水区，
迅速升降，水花飞溅，
直到河流的声音听上去
像是从母体里发出的密语；

甚至你弄丢的姿态也被它们进化成
又粗又长的尾巴。总之,
如果理智之舵也有一个同样的尾巴,
你可以从它们身上找到
你曾在人身上丢失过的所有东西。

2005 年 12 月　2007 年 10 月

海蛇丛书

起伏的海浪下面,
斜坡比冰冷的悬崖还光滑,
宇宙的枝条像是遭遇了
新的魔术,突然失去
可信的形状,再也无法对比
黑褐色的树枝;只是从迹象看,
永恒的缝隙里依然有
永恒的湿润,并且味道
只有毒性更大的前沟牙才会记得。
而你身上更特别的味道,
对海蛇来说,就好像美丽的长笛
已在水下完全变形;
只剩下一小段保留节目:
游动很灵活,像年轻的海妖
看透了世界的绝望,突然做出了
一个决定,要把她对石头的深爱
变成一根绳子,从头到尾,
粗细均匀;直到有一天
在浅水区里,你仿佛看见了
一只看不见的手
差一点从你身体里重新长出。

2019 年 10 月

抹香鲸丛书

一次巨大的例外。
惊叹之余,存在的前提
却很难避免被猥琐的命运;
经常会有人假借人类的名义发问,
抹香鲸会吃人吗?

2018 年 12 月

海豚日记

纯粹的欢乐。可以理解的,
虽然只有很小一部分,
但已足够珍贵。神秘的性格
来自可爱的体形,并且差一点
就完美于你的天赋
也可以在别处。旺盛的精力
只为纠正你误解过
宇宙不淘气。平静的大海
才不假象呢。每一次,从水下
飞跃而出,都意味着
无名的冒犯不该被隐瞒。
另一幕经典的情景中,疯狂的追逐
已将彼此之间的陌生
彻底消耗。所以,你有类似的感觉
一点也不奇怪:它们的出没
也意味着最后一次清场;
并行的漂游中,蔚蓝的抚摸暴露出
宇宙深处注定存在着
更深刻的情感。有时,很考验人。
有时,则很考验魔鬼
究竟藏在了哪里?

2018 年 10 月

美人鱼

一九九一年初夏,他在各地奔走,
忙着认领一条鱼的尸体。

什么意思呢?现实有好多意思,
但现实从不会不好意思。

这就是其中的一例。
不典型,不等于不突出。

或是在即将到来的盛夏,一块冰虽小,
却足以给你熟悉的任何事物垫底。

至少,在我和他之间,在他和你之间,
现实起着一种屏障作用。

保持新鲜,意思是每个人都能听得见
他的感叹:啊,亲爱的行为艺术。

你用反驳触及的权利同样很有道理——
你说,为什么我就不能画一条鱼呢?

当我整理现场记录时，才发现
现实已被迂回过多次。

最新的一次迂回似乎还没有结束。
它充满了分歧。比如，我只想吃虾，

而你渴望通过画一条色彩鲜艳的鱼
来教训他对生活的态度。

那么她呢？她当然没有被落下。
她被塑了像，安置在海边。

2003 年 4 月

海螺协会
——赠张伟栋

我们有相似的一面,
很容易因某个边缘而变成
世界的礼物。海浪的开幕词里
回荡着海鸥的小嘀咕,
但你忙于在水下巩固
一个美丽的外表,根本就没时间
参与我们的迷惑。特异的形状,
完美的构造,以及种类
是否丰富,从来就难不倒你。
因外表而过硬,你是你的大师——
就好像这是对我们如何使用语言的
一种考验。除此之外,我放松得像沙子,
因为我无须像面对别的事物那样
巧妙地面对你。但你的故事
比放松更吸引人。在我之前,
死已打开过你;在死之后,
空虚打开过你;在空虚之后,
按海底的逻辑,螃蟹打开过你。
在螃蟹之后,时光和影子
又联手多次打开过你。
我似乎来晚了,只好按顺序

挑战伟大的迟到。此刻在我面前，
你的空壳不啻是迷宫的缩影。
五秒钟后，我也会将你打开；
我甚至可能是最后打开你的人。
但你打开我的方式更特别——
就好像我从未想到我其实也可以是
一个抽屉，将你的美丽
彻底封存在黑暗的悬念中。

2014年1月8日

剑鱼协会

唯一的一次,蓝色的闪电
在大海的秘密中
被它身上无鳞的白肉
彻底说服,甚至剧烈的
曾刺瞎过独眼魔鬼的强光
也情愿有这样一个例外,
就那么输给它身体表面
比活泼的流线型
还迷人的光滑。

至于你,一个恭喜绝对是必要的——
你身上几乎没有什么
可以输给它的东西;即使你
记住了它的所有习性,
记住了它的食物链中鱿鱼
从来就没有机会忧郁,
取胜的可能也无望挤进小概率。
而比赛仍在继续:一把利剑
脱胎自它的上颌,不断

朝宇宙的尖细延伸一个眼神;

主人岂止是另有其人,
无形的波浪之手更是从做梦的
大海深处将一个真相划开,
露出新的濒危物种:和它的游速相比,
你太慢了,慢得就好像
另一个你确实还能
在我们的道德中找到
一万个完美的借口。

2019 年 7 月

海胆协会

美味的代价和美味的回报
在它身上区别不大,
更多的时候,仿佛是一个意思。
据说海胆像其他棘皮动物一样
都没有大脑,但无脑的世界
不会因此而更加陌生;
从亚里士多德那里,它借来
一盏提灯,用环形的骨骼密封之后,
盘缠在一起的水管显示了
新的机能:既是聪明的大脑
也是强大的肠道。意思就是,
它咀嚼过的复杂性,不会输给
对瓦格纳的大海感到很矛盾的尼采。
是的,你没有看错。哪怕只是
偶然的一瞥,它身上的
那些深色的尖刺都在暗示:
蔚蓝的波涛下,大海的内部,
尖锐的针对性一点也不比
豪猪面临的问题更简单。
在它身上,每一根刺
都显得很完美;且足够诚实的话,

每一根刺,都能令我们最深刻的想象力
感到某种羞愧,或某种不安。

2019 年 2 月

海豚协会

第一步,比情感的颜色还要深,
治疗是蓝色的;
并且越彻底,翻腾的浪花
越接近人生还可以
润色好几次。
第二步,出于一个更深的礼貌,
将人生比喻成大海;
并容忍浅薄的嘲笑
来自陌生人也会起鸡皮疙瘩;
而你只需穿上花格泳裤,
用手中的钉子,
去把地狱的门牌号重新钉牢。
第三步,大海才不是伟大的坟墓呢,
它是反死亡联盟租用的
雄伟的液体纪念碑、倒立的
金字塔,精确的深度
来自一群宽吻海豚
正不断将你托出动荡的海面,
却从未感染过你的疲倦。

2018 年 4 月

海马协会

一开始,几乎所有的人
都会吃惊于它的名字
与它的外观比例失调得像
一次双重的背叛:大海的想象
出现了内乱。不仅背叛了
草原上奔驰的骏马,而且也涉嫌
从大自然的疏忽中获取
非法的玩笑。雄性海马腹部突出的
育儿袋的确很过瘾,很富于
戏剧性,几乎用一个传说
兑现了一个真相:地球的进化史中
浑身无鳞的海马是唯一
由雄性来孵育后代的生物。
据说,这是一种很值得借鉴的
生物学策略,只是前提过于深奥,
远远超出造物主对我们的戒心。
所以,更合理的期望是,它的体魄
至少应该和海象海狮海豹
保持队形上的一致;而不是像现在这样,
比邻着我们的变形记,并暗示
如果我们也会遭遇例外,

即使海神被揪出水面,
也不会宣称他愿意对此负责。

2018 年 12 月

水母协会

第一次下海,就被它蜇过。
触点很小,就那么突然的一下,
像陌生而迅捷的吻,
意思却并不温柔。

尖锐的冒犯已经发生,
且不对等。在它自由的漂浮中,
平躺在波浪之上的我,
至少像一个白胖的拦路虎。

而四周的景色全无一点警告的征兆;
柔和的海风熨着银白的海平面,
海浪半醒着,巨大的起伏
将阵阵美妙推进一个辽阔。

而水母的外形近乎可爱,
漂亮得就像透明的帽子
传递着一个微光闪烁的游戏;
即使它反应过度,需要反思的也是你。

或许与此有关:无知中的无辜

很难进行黄金分割;
所幸很索性,潜藏在它身上的
致命的危险并未发酵。

很多年后,幸运才沉淀成
蓝色的感恩,泛着迟到的泡沫;
毕竟,夜色下,海鲜摊老板
不经意地提及下午有人被蜇了一下,

救护车还在半路,人就已浑身僵硬。
但抽身出来,它身上的剧毒
其实也报复了它自己:比恐龙出现得还早,
但很少有水母能活过九个月。

2018 年 2 月

鹦鹉螺协会

如果那可以称为微风,
芭蕉的宽叶即使没有颤动,
也像是撩拨着火辣的热带阳光;
阴影里有随时都会
受惊的阴凉,却顾不上
凉爽是否古老;还是心经最效果,
看见白云的影子,立刻就
梦到冰的透明已融化成呼吸。
矮墙骑着风景里的现实,
瘦高的槟榔绷紧空气的肌肉,
像是在放哨;朋友的熟人
陪着我,紧随着他的亲戚,
纪念品店的老板,穿过破旧的
后门,沿着僻静如
黑帮电影里才会有的午后小径
左拐右拐,去见识
一个大宝贝:名字里有鹦鹉;
据说,在进化史的低谷期,
它也曾是海洋中的顶级掠食者,
就连海豹才刚够塞一塞牙缝;
如今,体形小得只能专注于

从我们的好奇中发掘
培养自然的情感是否还有可能;
毕竟付出的代价是巨大的:
它身上漂亮的羽毛已被
卷曲的贝壳替代,美丽的尺寸
不再涉及恐惧或危险。必须承认,
我从未体验过在我的身上
冲动和占有欲会像下泄的泥石流;
最后为理智挽回一点面子的,
居然是,我没带够钱。
就这样,我错失了拥有它的
唯一的机会。即便后来,
购买力已大幅提高,付得起
一百只鹦鹉螺,我也从未想过
重新占有它。毕竟,
在那个不大不小的挫折中,
记忆的奖赏已从时间中独立出来,
很值得玩味;就好像事情
已和本人无关,而理智的面子,
却是用几乎就要到手的
一只鹦鹉螺挽回的。

2018年3月

白星宝螺丛书

·

陈列在记忆之美的
三角区，收藏者的爱
已反复涂抹过橄榄油，
润滑的效果却依然不明显；
时不时还会感受到来自静物的内部，
一个隐隐的压力仍然试图
在我们的注视下继续
完善它的隐遁术。
一个和宇宙的潮汐暗中较劲的
距离渐渐拉开：从它的活体
很柔软，不容易见到，
一直到世界的情人也想跟死亡
玩同样的花招，并留下
外观同样精美的空壳。
掂在手心里很轻，毫不顾忌
这样的线索最终会触发
一个感叹：曾经围绕它的生与死
都显得过于短暂；唯有它
凭借自身出色的坚硬，
沿生命之歌中最偏僻的角度，
提醒你：它光滑的弧度

绝不仅仅借鉴自大海深处
有你从未见过的梨形物。

2018 年 11 月

海豹丛书

熟悉的身影,却有很多
不为人知的侧面,
像被撕裂过的命运的插曲;
巧妙好旁观后,剥落的碎片
一沾水,直接就变成了晶白的浮冰;

一只帝企鹅刚从死亡追逐的
第一个回合中暂时逃脱,
半蹲在摇晃的浮冰上,惊恐地观察着
海豹的圆脑袋不时从
不同方向的浮冰边缘露出来。

猫与鼠的游戏,在真实的海洋戏剧里
已替换成海豹和企鹅的智斗。
但只要镜头稍一切换,你就会看到
北极熊也曾围着冰窟窿,
用同样的方式追杀海豹。

从现在开始,还剩下多少时间?
你有没有想过:在你的世界里
看上去从未融化过的现实,

其实也是一块巨大的冰。只是晃动太聪明了,连神秘的浮力都无法解释。

2018 年 11 月

海豹协会

海族馆里，伴随钻套圈，
头顶旋转的花皮球，它的角色
仿佛已被不属于它的天性
在厚厚的脂肪中用无形的绳子
固定得毫无破绽；以至于
你难免会有这样的印象：
它好像爱上了新家，活泼在
流线型公主和圆滚滚的小丑之间
有一个聪明的比例，几乎从未失调过。
只要回到冰蓝的咸水中，
怎么翻身，它都是肥美的公主；
本色你刚刚听说，最快乐的交配，
只能由它和凶狠的打斗中
获胜的雄性伴侣在水下完成；
来到地面，鳍状物尚未进化成
和我们类似的四肢，所以，一举一动，
它只好笨拙已被你遗忘的
哺乳动物的笨拙。毕竟，这是你
已付过费的并印在了
节目单上的快乐，白纸黑字，
尽管有点廉价。至于道德与否，

从它被禁锢的天性中，按对等原则，
分泌在你脑海深处的多巴胺，
正被菌群加工着，如果还没有变质，
闻起来，会有股淡淡的酸奶味。

2020 年 2 月

唯心的蝌蚪入门
——赠钱文亮

密密麻麻,像落入水中的
黝黑蜂巢;但你不必担心
有东西会褪色。那个我们称之为
诗的东西,早已潜伏在
它们周围,像母爱
刚刚漫过初夏的阴影——
你不必担心它们会弄丢
我们安放在它们身上的故事。
寻找早已开始。命运是
命运的缺席,如同我们
也是我们的缺席。漂浮着,
醒目于我们只是偶然在场,
小小的抖动足以完成
一次涉及新生的簇拥;
更直观的轻轻的旋转
也已同步发生在主观中,
取代了激进的晕眩。
它们身上的黑色,代表
未成年的经验,很可能
只是一种部落的舞蹈;
和我们身上的,全然不同。

我们身上的黑,还从未天真到
这一步。我们身上的黑
多半比它们的,更偏僻。
所以说,越是到后来,
偏僻,越是意味着幸福。

2017 年 5 月 8 日

鲸鱼入门
　　——赠雷武铃

必要的美德会提前
把更多的湛蓝留给鲸鱼。
海面平静,但距离已拉开。
必要的美已毫无悬念,
但必要的理智仍会阻止我们
动用象征的力量,将你和鲸鱼
并列在天平上。晃动已不可避免。
几乎所有的死亡都已被大海
稀释在波浪的咏叹中。
没有人知道,鲸鱼的冲动
何时会再兜回来,把我们带向
平坦在沙滩上的祭坛。那美妙的倾斜,
几乎超出了所有人的设想。
什么时候?什么事情?
或者在人类普遍的迟钝中
又有怎样的秘密如同你刚刚
挖下的墙角,以至于我渴望知道
我们会不会由于距离
或角度的原因,再次误会你就像
一头扎进金色鱼塘中的鲸鱼。

2017 年 5 月 26 日

北京野生鲶鱼入门

相比荒蛮的僻野，难以捉摸的
命运为它准备了
一条两岸有着丛生的芦苇的
流过京郊的河；举止很专业的
售楼小姐曾指着示意图
特别介绍：这可是南郊
屈指可数的自然河，距离天安门
还不到二十公里。涉及情节的
曲折，命运还为它准备了
她的掩饰，有意或无意，
她绝口不提污染的实际状况。
河水很浅，淤泥的臭脾气却很大，
除非前天刚巧下过暴雨。
命运还为它准备了
尖利的鱼钩；为它准备了
一个九月的下午，以及
一个因为拆迁而突然有了闲钱
可以不用去上班的
年纪不到三十岁的男人。
命运也为它准备了他的
不太正经的爱好：其中的恶意

平庸到了人性的堕落,
都有点不好意思。根据常识,
污染到这地步,河里的鱼
根本就不能食用。并不具备
悲剧意味,悲剧的角色就更别提了,
命运为它准备了一个小小的尴尬:
它只是再也没有机会充当
平静波浪下的清道夫。
命运为它准备了上钩,偶然中
带着必然;不仅如此,命运
还为它准备了突然中断的使命,以及
一个鲜明的对比:水质这么差,
而它拎上去竟然重达四斤多。
出于诗的真实,命运也为它准备了
你的确就在现场,并见证到
它把一个秘密最终还给了
光天之下。

2017 年 10 月 20 日

鱼刺简史
——赠胡丘陵

烟波浩渺一个警觉,
不必辩证远近是否大小,
洞庭湖畔就很现场。
漫长的演化,但轮到你
从牙缝里将它取出,
感叹历险记的小概率时,
它的精美已充分钙化,
足以给热爱真理的人带去
一道来自深渊的寒光。

足以致命,所以你只能
从旁观者的角度提供一份揣测:
它的锋利与世界的悬念无关,
纯粹是为了那些愿意更灵敏地
深入巨浪的生灵而准备的;
而你不过是偶然的享用者——
并因为这偶然,常常卷入
我们之中究竟有谁配得上
这神秘的享用的质疑。

如果有刺痛,被刺痛的,必然涉及

我们的感恩还能否鲜美地构成
我们的命运的一个步骤。
很多时候,无须借助回音,
你就能感到,宇宙是一道耳光。
接着,鱼刺从指缝间坠落,
一个和人有关的事实很少会这样轻微;
如此,人的渺小其实也不是
一个人随便就能触及的。

2019 年 7 月 5 日　长沙

卷二 ｜ 飞翔之光

翠鸟简史

> 你必须重新变成一个无知者。
>
> ——华莱士·史蒂文斯

假如飞翔只是一种本能,
这些从南到北分布如此广泛的翠鸟
似乎完全没有必要存在;
喜鹊就能取代它们。并且随时
有悦目的渴念萌动在附近时,
喜鹊甚至能将飞翔展示成
一种可观的天赋,乃至美的表演;
如果还需要进一步逻辑的话,脏兮兮的昆虫
和面目暧昧的蜥蜴,也自会有伯劳
或画眉扮演清理者的角色。甚至麻雀,
在那些浑身布满寄生虫的虫子
爬进我们的身体之前,就能吃掉
它们中的绝大多数。所以该下判断时,
必须及时指出:在这些翠鸟身上
暴露得最充分的一个秘密
或许就是,美是一种目的——
翠蓝的横斑,分布精巧到
只能笼统地归结于理应是进化的
产物;否则,一旦看上去像执着的淬火
被催眠了,被窃取在更醒目的
宇宙内部的探索自我时,你会因我们

似乎被排斥在外而发疯。即使清醒
偶尔会占上风,从斑头翠鸟
到蓝耳翠鸟,色彩艳丽的羽毛
也极深地耽误过骄傲的理解。
一个朋友曾送过我的一个标本
作为诗歌的灵感的来源:头部泛着
黑金属的亮光,颈部的一点白色
像是被涂上去的,唯有翅膀的亮蓝
一劳永逸地解释了短小的红腿
可以在捕食中起到怎样的作用。
很长一段时间里,我觉得我永远
都不会在乎它已不是一个活物;
直到有一天,我突然意识到
如果死亡是拥有它的一个前提,
一个人会不会麻木到早已沦落为
死神的同谋而浑然不觉。

2020 年 8 月 25 日

金丝燕简史

每一次,只有新筑的巢
才配得上爱的气味,
才能赢得身体的信任。
对我们来说,或可避免的苦涩的劳作,
对它们来说,只意味着
越投入,欢快就越源泉。
每一种灵活,能让精灵们
躲在暗处嫉妒得要死的,
无不源于肢体的特技;
而一旦明说,最先受不了的
就是,美会让美观更分裂。
而按比例,风景的主体
如果已固定为僻静的苇塘,
这些像蝙蝠一样精通
黑暗中的定位法的飞鸟
就绝不仅仅只是适合点缀;
本能的冲动中,美,
绝不盲目于主观很角度。
此外,可爱的小动作里
不乏耐心很格外;比如挑选之后,
将羽绒或枯枝混入唾液,

世界的客观性就会渐渐呈现在
神秘的辛劳之中；不偷懒，
热爱才构成一种可能。
即使前面用过的巢，无须翻新，
也能使用；这些飞过了长江的
金丝燕仍会耗费大量心血
去修筑一个新的小窝：就好像
那往返的次数中，仿佛有一张弓
在自由的空气中射穿了
历史的谎言和时间的无意义。

2016 年 6 月　2019 年 8 月

军舰鸟简史

大西洋的气息充满了
原始的召唤。我们索性
换上新买的泳裤,踩着米黄色细沙,
踏进传说中的加勒比海浪。
因为刚下过瓢泼的暴雨,
蔚蓝的海水远不如想象中的
那么蔚蓝;且厚厚的铅灰色云层
看起来一点也不像是
想让两个中国诗人见识一下
阳光是怎么走后门的。
看样子,我们必须另想妙招,
才算是没白来博卡奇卡海滩。
我们就从给享受做减法开始:
整片海岸除了几个说俄语的游客外,
就剩下椰树和棕榈。遇上淡季,
对我们这些来自大洋彼岸的
非土著人来说,幸运得
近乎一场奢侈。再加上大海的浮力
也开始突然刺激人的觉悟,
我明显感到我的身体里有头棕熊
总朝着沙滩的方向使劲。

而雷平阳的泳姿看上去像是
在大西洋的洋流中踩到了
澜沧江的涌浪。直到这时，
不会讲西班牙语的你我才意识到，
从盘旋的半空中急速俯冲而下，
在距离我们几米远的地方
贴着海水滑翔的黑腹海鸟，
应该就是传说中的一直无缘
亲眼得见的军舰鸟。号称伟大的
飞行冠军，所以敏感点的话
也可以说，它是以这样的方式
在向我们发出警示：这里
可是它的地盘。我们也确实看见
几条机警的浅水鱼非常瞧不起
来自我们的好奇。但我能肯定的是，
从此以后，这几只军舰鸟
可以飞得远远的，但再也别想
飞出汉语，飞出中国诗歌。

        2019 年 10 月 30 日　2019 年 12 月 29 日

鸳鸯简史

水性好到很洁癖,它们的栖息地
往往也是理想的垂钓之地。
风动之后,如果真的去丈量,池塘的
宽度多半和神话的直径不相上下;

仿佛和我们也有很大的关系——
在它们身上,自在比自由
更启发潜在的游戏;此外,
华丽的警惕性也一点都不多余。

因为我们很少见到它们
不成双入对,抑或我们不愿接受
其他不够浪漫的统计数字,
所以,爱情的标本非它们莫属。

形影相随之际,更有刻骨的厮守
将游禽的天性升华为
一种高贵的习性。在附近,
会弯腰的芦苇固然很拟人,

但绝比不上造物的蛮力

在它们身上下过的血本:
它们的鸣叫短促,尖厉到世界
尽管充满危险,但依然有

很多漂亮的回旋余地。此外,
别总盯着外表妖艳的羽毛看,
要注意那像箭镞的小东西——
红与黑,功夫可全醒目在嘴上呢。

2019 年 1 月 31 日

鹭鸶简史

最生动的雪白也不及
这天性羞涩的白鸟
在它不断缩小的身影里
慢慢放大你的身影。

这秘密的辨认偶尔会涉及
矛盾于纯洁的心灵
是一个遗留的案件,
同时也是我们的现场。

它并不祈求特别的好运,
也不奢求额外的美貌;
因为你即便不是最合格的证人,
也目击过,它安静得就像

一个骨骼嶙峋的裸模,
毫不费力就能用黑钢筋似的单腿
将白色的生命火炬
静静地确立在荒野的尽头。

2020 年 11 月 19 日

蓝天鹅简史

它不知道你以前只见过
白天鹅和黑天鹅；以及美的记忆
一旦由美的轮廓定型完毕，
黑白之间便再也容不下
道德的新颜色。甚至距离

都已经这么近，近到它
都可以感觉到你的尴尬：
怎么只是颜色比孔雀还蓝，
你对白天鹅有过的情感
就已无法顺延到它的身上。

体形也不比黑天鹅更大
或更小；举止甚至更温柔，
更天真于世界的好奇，
更不懂得区分你身上
天使和魔鬼的比例

是否在任何情况下都依然
保持着古怪的平衡；
怎么仅仅因为颜色罕见，

它就必须向你完整地交代出
一个更神秘的起源。

而那样的语言似乎还没有被发明出来。
因为它的降临,这片开阔的
荡漾着春天的气息的
绿色的湖面,突然变得像
一个巨大的靶子;

平放着,并未明显地竖起,
那些波纹也很走神,
但所有这些措施,都无法阻止
它已像一个紫色的靶心
被人类的偏见瞄得准准的。

2020 年 3 月

红喉歌鸲简史

不请自来,迁徙途中,
经过华北平原时,候鸟的激情
已发挥到极致;它精心准备了
玫瑰白的眉纹,芍药红的颈部,
羽毛上最漂亮的橄榄色,径直启发你
在迷宫般的世界里你最好需要
一个真正的向导。没认出美丽的化身,
不是它的错。被暗夜反衬过的
白痴,或者被陀思妥耶夫斯基描写过的
白痴,甚至都会对着它的影子
揉一揉眼睛;至少它精心准备过,
你和它之间必然会有
一次偶然的相遇。兴奋过度的话,
知更鸟的俗名其实一点也不宿命。
至少它展现过一种真实:天使有多婉转,
它的叫声就有多悦耳。没听出它的歌唱
是大地之歌的一部分,在它看来,
也不是你的错。而你至少还有
一次机会,回过头再看:它尖尖的赤红
下巴颏像是插着一面小三角旗;
轻盈的,每跳跃几下,

你未来的方向,在它身上
就灵活过不止一次。

2021 年 9 月

偷食者简史

> 既没有此岸，也没有彼岸。
> ——里尔克

树枝上金灿灿的柿子
一天天减少，偷食者的身影
闪现在白头鹎和喜鹊中间，偶尔也会有
鹩哥混入其中，像一颗黑炸弹
扔进了时间的死角，却并没有爆响。
找不到答案，就只能归结于
连续几天的气温骤降中
霜冻已令果实美味难忘；
而聪明的白头鹎的品位果然不低，
居然猜到你知道它们在想什么。
对你而言，这些柿子不过是
午后的甜点；对留鸟而言，
则是在严寒中存活下去的主粮。
进食的过程中仿佛随时
都会有危险或敌意需要它
一刻不定地用叽叽喳喳的叫声
宣示世界的界限；而在那沉默的间歇，
仿佛有一个主权已经丢失。
每天它们都会飞来好几次，
清点那些金色的果实，就好像
在你和它们之间争夺战早已开始，

而它们属于专有的战利品；
你的驱赶只会将你的道德
彻底暴露：如果它们真是偷食者，
那么在大地之歌中，你又是什么？

2016年12月　2021年1月

珠颈斑鸠简史

再度飞回时,雄鸟带来了
它的另一半,浑身暗红,
腹部微凸的雌鸟。人类的阳台
堆满灰尘覆盖的杂物,
并不适合做窝,但独到的眼光
总会发现一些理想的痕迹。

人鸟之间的差别并没有想象得那么大。
获得认可后,雄鸟飞回的次数
开始变得频繁;而雌鸟像是
很有经验似的,按长短和粗细
将雄鸟叼回的枯枝摆放得
毫无章法,但看起来却错落有致。

时间可以出错,死亡可以出错,
命运可以出错,甚至人心也可以出错,
而雌鸟不会允许自己出错;
它不时调弄细细的枝条,
直到骄傲的身体获得一个满足:
它要把斑鸠蛋下得毫无悬念。

无论是否在场,你都会受启发的——
据说生下蛋后,雄鸟和雌鸟
会轮流孵化。当雏鸟将小嘴探入
亲鸟的喉咙,提取糊状物时,
你也顺便清了清你的嗓子,
将一口痰狠狠吐在疯狗的脸上。

2019 年 12 月 15 日

斑鸠简史

> 语言碾过一切。
> ——清平

成年之后,比皇帝的新装
还漂亮的棕褐色羽袍,永久地
套在了它们身上;拒绝出售,
它们不在乎你从裤兜里
掏出厚厚一叠钱,像疯子似的
将空气扇得啪啪作响。
它们的蔑视,仿佛和你
可在它们的羽翼上找到
多处蓝灰色有关;为了应付
危险的世界,更为了体现
一种神秘的互爱,雄鸟和雌鸟
从外观看,几乎个头相同,
羽色也基本一致,很难分辨;
但想冒充内行的话,在突然的
遭遇中,最先飞走的
一定是雌鸟。走运的话,
它们的滑翔犹如美丽的前戏;
它们的活动半径至少在你这里
已超出了森林法的范围——
无论你怀有怎样的复杂心理,
你都会输给它们的警惕性。

你的愧疚会发酵成非常敏感吗?
就好像它们喉部的粉红色
曾被暗暗地瞄准过。

2020 年 6 月 19 日

戴胜简史
——赠夏可君

　　……一个答案，它就是存在之恶。

　　　　　　　　——伊曼努尔·列维纳斯

如果生存只是用细长的尖嘴
啄食地上的蝼蛄或金龟子，
它身上醒目的羽翼之美，
就不仅显得过分，而且近乎
一种可耻的炫耀；
尤其是，它头顶上华丽的
羽状凤冠，怎么看都像是
特意针对着在目击过
它欢快的飞翔之后
我们还要不要反思我们
是如何反思我们的道德的：
毕竟，以麻雀为参照的话，
它身上的美至少有一多半
不是用来解决生存的艰辛的；
更何况，对它身上浓烈的异臭
有了特别的了解之后，
美，和形体的魅力脱不掉干系的，
更像是一种有毒的诱饵，
令世界充满了危险，且很可能，
时刻都在出卖它的主体性；

所以，时间的精神性哪怕会
稍稍分裂一点也不可怕；
最大的矛盾在于我们很少意识到
我们其实更过分，从不愿承认，
美，是一种特别的恩宠：
包含了美的危险，却也可用于
危险地解决莎士比亚的问题。

2020 年 7 月 7 日

画眉简史
——赠敬文东

二十五次里有一百次,
它要么待在笼子里,要么扁平在
涸过雨水的展示牌里,
至于活体,那近距离的遭遇,
只出现过一次,很多年前,
在风景秀丽的闽南山区。
印象中,命运的影子
仿佛因它擅长完美的鸣叫
而突然缩小:偶然中的必然,
这一幕,考验着你脑海里
还有多少世界的秘密
翻腾如围绕着它的记忆的泡沫。
不相信命运的影子的话,
也可以使用小刮刀;从风的缝隙里
剔下几根杂草,让它背颈上的
黑色纵纹显得更漂亮。
而坚决的端详则有助于
看清一个事实:它绝不是替身,
它愿意向你开放它身体里的
一个化身。栖息地深处,
树林的静寂甚至包含了自然本身

对存在或虚无的一次过滤。
而你的记忆会因这过滤
变得格外清晰:美丽的无辜
促使它时刻保持着画眉特有的机敏,
机敏中甚至也不乏讽刺性的
胆怯,以衬托我们为它准备了太多的
笼子,像群星也有过古老的陋习。

2019年3月　2020年12月

白头鹎简史

天性的活泼从一开始
就无关世界的印象是否依赖于
还有很多东西需要弥补;
一旦鸣叫,它就是悲歌的反面,
所有的颤音都会集中于
比激越更婉转,就仿佛相互吸引
在它那边,仅凭单纯的召唤
就能成就;无须更多的风声
兜底那自然的动静。传闻中,
它更偏爱高大的榕树,
而我毫无来由地相信
比起相思树,秋天的柿子树
是更适合它的乐器;雄性枕部的
白毛可不是随便醒目的,
而飞翔是它的活泼的指法;
不合比例,那只是我们的角度
受限于人的视野;更何况
由于蠢笨,人其实没什么好怕的;
那些被它叼走的金黄的柿子
算什么呢?表面上,它的行为
近乎公开的偷窃;而一旦我困惑于

人的损失不再是一种代价,
那被它分享的收获仿佛
也从我的身体里带走了
一种等重的异物:很突然,
但并不妨碍我确信,那减去的分量
一点也不亚于一次大扫除。

2019 年 12 月 3 日　2020 年 5 月 5 日

黑水鸡简史

关键是你的目光,而不是你的所见。

——安德烈·纪德

平静得就像绿绸子,
如果这感觉不能用来辨认
夏日的阴影,只说明朝这边
吹拂的时候,风,还不够隐喻;

挺水性的另一面,会弯腰的芦苇
在我们中间悄悄指认
它们的同类;就好像改造自我
和改变自我,完全不是一回事。

回到栖息地,自然的安慰
仿佛和一个人出过多大的力有关。
自从成为关注的对象后,
存在之谜便常常从我们身上

向这些鹤形目涉禽的隐身之处转移;
一开始,你还有点怀疑,是不是方向
被它们害羞的天性弄反了;
毕竟,只能听到它们的叫声,

却看不到它们的真身，对我们这些遇事
已习惯于拍胸脯的人来说，
太像一种惩罚。其实呢，这样的安排
不过是，好过仁慈少于困惑。

            2020 年 7 月 15 日

鸭先知简史

起伏的流逝中,时间带走了
太多的先知;但从破损的网眼看,
先知的消失更接近于
悬念随时都会变成诱惑。
稍一松懈,新的先知
如果不是你,便是对死亡和草莓
不怀好意的坏蛋。稍一严肃,
人的警觉中就全是本该
由神明付出的代价。最明显的,
花先知太妖娆,总以为凭鲜艳的色彩
就能将时间的晕眩混淆成
命运的高潮;甚至在雨的怀抱里,
它输掉的不止是它的真相,
它也暴露了你和植物之间的秘密。
而草先知因为忘不了
遭受的践踏,又太暴力;
一有机会,就沉溺于野火的精神分析。
唯有鸭先知还算对得起
我们投向自然的眼光;
荡漾的春水中,它们对温暖的敏感
远远超出了本能的范畴,

也远远超出了对我们的示范,
更像是对世界的意义的一种弥补。

2019 年 3 月 11 日

喜鹊简史

一眼望过去,枝条枯瘦得像
野猫把逮过的老鼠
又逮了两遍;败叶遍地,
而结伴的喜鹊却能从芜杂的坡地上,
翻找出越冬的细粮。

抬头察看动静时,它们的眼神
像是在更衣室里遇到了
用特殊材料做成的人,但它们
并未显出惊慌;多数情形下,
它们的嘴里还含有一颗风干的果粒;

一旦相对安全被确认,
它们会像挥动的锤子那样
重新把头快速戳进枯黄的败叶中,
进食我们用肉眼很难看明白的
冬天的小东西。它们记得从枝条上

落下的每一样果实,记得最佳的
食用效果在风干多久之后
才会显现;它们从不偏食,

就好像适用于我们的艰辛
对它们而言，只会范围更广

程度更深。除了体表颜色不如
春天时显眼外，它们的情绪
并未受到降温的影响。
它们的游戏专注于天空的冰蓝；
当你试图靠近，试图将人的好奇

扩散为冬天的友谊时，
它们中体型最漂亮的那一只，
只是从较低的树枝蹦跳到
较高的树枝上，就把你又扔回到
灵长类动物的进化史之中。

2019 年 1 月 26 日

拐点出现之前的鹩哥简史

拐点尚未出现,但世界的变化
已开始令它身上的乌黑显得刺眼:
草木之间,突然呈现的寂静
像一个巨大的圈套,
超出了一个小黑脑袋所理解的范围;

你偶然的出现,仿佛代表着
人类的重新到来;而你的靠近
不管是无意的,还是有意的,
都像是对潜伏在它身上的
黑色存活率的一种非官方筛查——

至于结果,它从来都是自作主张。
反应必须及时,它扇动翅膀,仿佛很愿意
将原本属于它的一个位置出让给你;
偏弱的一方,但在你和它之间
需要保持的距离,基本上都是它说了算。

2020 年 2 月 22 日

观鸟权简史

冰封时节,河水依然流动;
二十年前,这样的事
几乎从不会出现在燕山脚下。
几只小野鸭浮游在暗绿的波纹里,
时而潜水,时而拍动翅膀;
姿态的每一次变换,
仿佛都有在我们这里
已经丢失的东西被它们捡到,
并在离我们最近的地方
重新发挥成一种自在多于本能。
一旦你稍有走神,它们
便会隔着变形记的破绽,
突然将一个似乎可以称之为
观鸟权的东西朝你扔来。
很久以后,这将构成
第一个层次。回想起来,
第二个层次,应该得益于
成双的喜鹊有时会因人
无法把握的理由,来来回回
飞越河面。如果你始终在场,
喜鹊的活动范围显然

比水中的野鸭要大出许多。
只有在大雁迁徙时，
更高的层次才会因你考虑到
它们的活动范围更广大
而出现在你的灵视中。

2020 年 1 月 27 日　2021 年 2 月 5 日

如何向一只冬天的喜鹊发出诗的邀请

之所以勉强还可以
算得上是一件事,就在于
从性质上讲,心里已被魔鬼
推过磨的人绝不会想到
天这么冷,一个人其实可以邀请
一只喜鹊到诗歌中来做客;
一时的冲动里也可以有
完美的天机;不必泄露半点,
却促进了冬天的领悟。至于
你是不是诗的主人,
可以放到神秘的对等性里慢慢妥协;
观感起来,它是偶然栖落到
树枝上的喜鹊,你是偶然从树底下
走过的路人:这里面,
至少有一个共同的节拍
来自大地之歌中命运的颤音;
很微弱,却再也无法忽略;
至少,这一次不算例外——
偶然的喜鹊决定了诗的偶然。
偶然的诗则试图确定一次记忆的蜕变——
在其中,词语的磨损显然

比时光的磨损更难预料,
也更残酷。但假如这样的邀请
从未发出过,你又如何知道
一直将我们卷入人的改造的诗里
是否真的存在着一个空间:
空气新鲜得像心灵的氛围,
内部的光线已美丽到
足以照亮一只真实的喜鹊
可以毫无理由地,飞进飞出。

2020 年 12 月 28 日

巨鹰简史

时间不只消耗我们,也在完成我们。
　　　　　　　　——圣埃克苏佩里

如果你去过阿根廷,它的翼展
最长可达七米;很震撼,
那姿态强烈地暴露出
一种自信的角度:你和野兔的区别
虽然也可以借助某些前提,
但其实是模糊的。逼近过
放飞的风筝,但它不是
机会主义者。很醒目的
食肉类动物,它的千里眼中
没有蜗牛。它的凶猛
不属于它自己,更像是
承担了一项不便公开
讨论的任务:敏感于暴风雨
即敏感于死亡的分配
永远都不可能是公平的。
它的孤独看起来是
它对更高的意志的选择的结果。
它将与蝴蝶比较的机会
留给了你和我,它自己径直
朝着翻滚的云端飞去——

一觉醒来,只有傻瓜
才会怀疑:法国人圣埃克苏佩里
描绘过的小王子不是
从那个方向降落到沙漠中央的。

           2019年5月　2021年7月

麻雀简史

必须承认,自然状态下
我们实际上从未将任何一只麻雀
赶进乌鸦的方阵之中;
但通过将麻雀和乌鸦并列,
我们似乎终于获得了
一种非自然的优势,
即便将历史的阴影抹去,
那形象的安慰也会溅射出
小小的火花,就仿佛
我们中有人刚刚搂抱过
美丽的孔雀公主。而美好的春天
真实于一个残酷的短暂,
每个人都必须学会及时嘲笑
他身上的小麻雀,
才能看清一个巨人
有没有在我们的镜子里
变得浑身青绿。从南方
到北方,你去过所有的地方,
都能见到麻雀的身影;
但麻雀的普遍性中始终缺少
它不止是麻雀。从盛夏

到寒冬,开过刃的黎明中,
麻雀是早起的小闹钟,
最清新的天光的测量员;
如此,听上去漫无头绪的
叽叽喳喳里,仿佛有技痒的
天使正将音乐的钉子
轻轻敲进一个叮咛之中。

2020 年 11 月 5 日

蝙蝠简史

封城的消息传来时,
这些会飞翔的哺乳动物正在做梦;
现在是它们的冬眠时期,白天和黑夜的交替
在它们的梦中失去了意义,
不再有劳动被插上翅膀,神秘的天性
都是在幽暗的原始洞穴里睡出来的,
远非人类的悟性所能理解。
它们中爱吃水果的那一类,
梦见随着蜜蜂的舞蹈,可食的果实
越来越多;它们最爱吃的水果
都看上去像一个缩影:地球是圆的;
它们中爱吃昆虫的那一类,
也梦见我们吃蛇,吃狐狸,吃猫头鹰,吃蜥蜴,
甚至梦见我们像狗改不了吃屎一样
吃它们的同类:理由是
不仅很美味,而且非常滋补;
它们的梦和我们的梦一样
具有完美的统计学含义:
数量上看,虽然人类也算天敌,
但由于胃口强大,我们直接干掉了
它们的更直接的天敌:阴险的毒蛇。

为了报答,它们在名字的谐音上
下足了功夫,并积极配合汉语的欲望,
将自身倒挂起来。它们甚至梦见
我们为了寻求替罪羊,将一种可怕的病毒
追溯到它们身上;但它们仍不敢相信,
我们假装不知道人类自身的病毒
其实比它们身上的更可怕。
或许,一切都和大自然的平衡有关,
除了它们的梦,偶尔会涉及我们的麻木。

2020 年 1 月 23 日

乌鸦简史

五岁之前,乌鸦黑得像小巫婆,
拎着幽黑的小榔头,出没在
世界的大意中;比传说中的
还聪明,但似乎从未用它的聪明
做过一件好事;早晨起来,
昨晚用塑料袋扎牢的垃圾
又凌乱地散落在湿漉漉的街道上。
六岁之前,为了平衡寓言中
古老的情感,它将稻草人的肩头
让给了可爱的小麻雀;嘴里叼着有棱
有角的石头,随时准备去解救
囚禁在透明玻璃中的一泓清水。
看清楚点!从狭小的瓶口
慢慢溢出的细水,绝对比得上
石缝里流出的甘泉。甚至
从心田里排走的积水
也越来越像那些顽固的灌输。
七岁之前,看不见的先机,
伴随着它的降临,开始暴露在
非凡的肉眼深处。它黑得比孤独
还自信,迎着我们疑惑的眼光,

将人世间所有的不祥之兆都浓缩在
它充满黑色偏见的身体里；
与我们不同，人常常会输给人的形象，
但乌鸦还从未输给过黑鸟的形象。
八岁之前，它昂着头，将风中颤动的
树梢，稳稳地踩成了绝顶。
背过所有的小黑锅之后，
即使像不像黑美人依然有争议，
乌鸦也胜过笼子里的鹩哥。
我们的抚摸只能骗得了鹦鹉，
而乌鸦的警觉却能让无情的笼子
丢尽了面子。九岁之前，
你有点失望于这偌大的世界
连假装懂得欣赏乌鸦的人都少得可怜。
十岁之前，从杂食主义到残酷美学，
乌鸦开始与教科书上的反面角色
对着干：凡可以出神的地方，
荒芜也裸露过最原始的明亮；
甚至沿乌鸦的足迹，命运的马脚
也被屏蔽过至少一万年。

2019 年 6 月 11 日

银鸥入门
——赠熊平

生命的技艺常常忽略
物种的差异,波及不同的
世界神话:悬崖上,将烈马勒住的人
也许从此会转而关注银鸥的
濒危状况;毕竟,它们体型偏大,
脊背上的深色如同鬃毛下的
极少被注意到的发暗的勒痕。
据鸟类爱好者观察,除了不得不
在城市垃圾堆旁上演求偶的一幕外,
银鸥也很偏爱陡峭的隐喻;
它们甚至愿冒险在悬崖上产蛋——
那里,风大得如同命运之神弄丢了
从我们手中借走的一根绳子。
但最终,人的缺席不见得全是坏事:
悬空感也可提炼现实感,
银鸥的后代会将这种天性
鲜明地标注在橙红的鸟喙上——
如果你足够幸运,会看到它们
在春天的玉米田里将姬鼠的头
踩在粉红的脚蹼下,然后
用漂亮的尖嘴,宣告存在的代价。

2017年6月25日 2018年4月3日

黑背鸥的爱巢入门

绝对开放,毫无隐蔽性可言;
酒店对面,它就筑在狭长的河塘里;
所用的建筑材料和鹊巢没什么两样,
只是枝条更纤细,里面甚至
混杂着几根彩色冰激凌吸管。
人类的垃圾就这样被利用着,
无奈中透着小聪明。此时
假如有一只手凑过去翻动,
并取走那几根吸管,反而像
过度的干预。想象中,
岸边最起码应该有几株芦苇
或丛生的鼠尾草,作为隔断,
减缓一下潜在的威胁:比如
黑背鸥就一直觊觎巢中的鸟蛋。
其次,来自游客的好奇,
也很容易构成频繁的惊扰。
而它的主人,两只白顶骨鸡
似乎没工夫计较来自人类大脑中的
这些担忧;它们专注于自己的责任,
甚至雄鸟也会趴在那简陋的巢穴上,
像雌鸟一样从事孵化工作。

它的不设防涉及一些深意，
有的甚至有点残酷。毕竟
除了清澈的倒影，在它周围，
几乎没有东西可以构成屏障。
纳税人的钱显然没有白交。
或许也和驱蚊有关，坡岸上，
所有的杂草都被处理成
一块硕大的床垫。它不仅裸露在
我们的目光下，也暴露在
银鸥那贪婪而固执的眼光中。
轮到诗的责任时，我必须保证
我们的隐喻不会出任何问题；
否则，它看上去就像刚刚拿掉罩盖，
放在平静的水面上的一道菜。

2017 年 6 月 13 日

绿头鸭入门

方向没错，磁场的神经
也没失灵，只是早年的腹地
早已消失在人造的迷津中。
立夏刚过，但暮春的绿意
更像是它们的免死牌。
继续缩影的话，黑水的颜色
至少有一半来自北方的夜幕
正缓缓降临；没看错的话，
黑水的表面，另有三分之一
来自附近的合资企业
偷偷排放的、味道足以将忒弥斯
呛进同仁医院急诊室的废水。
剩下的三分之一，来自黑水
已将上帝的黑话漂白成
它总比死水要好看一点吧。
两只形影不离的野鸭，正用翅膀
拍打它们的繁殖期。除了这
郊区的小河，它们没有别的选择；
就好像貌似征服者，我本该有很多
自由的选择，但绕来绕去，
最终还是不得不选择回到

这河岸上的小路；闻着异味，
忍受着命运的诡异，但至少
在人生的印象中，我曾有过
与漂亮的绿头鸭短暂相伴的记忆。
或者至少，从它们浮游在
颜色越来越深的黑水之上
不时发出的叫喊里，我听懂了
另一种和你有关的语言。

          2018 年 5 月 8 日

青鸟协会

你的生活中不会再有信史。
信史已被悄悄干掉,或是染上怪病,
死在了不为人知的荒野上。
表面上,大雁或鸽子能做同样的事情,
但它们代替不了信史——
就好像信史意味着我们的渴望
曾接近过完美。或是,完美的渴望
为我们布置了生活中的风景。

消息或秘密,将被另一阵风
吹出大峡谷。热烈的花粉
向每一对抖动的翅膀致意,
并指出我们曾使用过的偏方上的
一些谬误。世界已被抵押,
你必须学会像一株杜鹃那样
接受"这样的事实",或是
像一块乌亮的煤,释放这样的命运。

2005 年 11 月

白鹭丛书

它的青春雪白,你的却不一样。
它的身上永远带着
一份它自己也不太知情的邀请;
芦苇丛附近,你的世界已被拥抱过,
大青石,落花,饮水的野鸽子,
形迹匆匆的野猫,都没有落下。

它的双腿黑得就如同
两根螺纹钢筋;一旦移动,
又轻快得像两把黑色的尺子。
捕猎时,它就像在表演哑剧,
它并不在乎你是否真的
需要一次完美的示范。

它总是单独出现在那里,
敏感得就像手术室里的一只白手套;
只要能戴上它,你似乎可以
随意拉开人生的抽屉。
它和你之间的距离是自然产生的,
却意味着你的一个生活细节得到了补充。

如同一个捕捉时机的大师，
它优美于人人都可以试着
去把握自然的分寸。你的世界里
有一条看不见的河流向
它的栖息地。八月的神田川，
每个浅滩，都是它下过的一盘棋。

2006 年 8 月　东京

猫头鹰丛书

每个走过捷径的人
都不会忘记猫头鹰。稠密的褐色，
非常柔软你总有一天
会像它们一样精确于捕捉
语言的动物。它们的习性
对你我如何展示词语的魔力
是一种考验。神秘地，你说，
你必须得过猫头鹰这一关。
它们的蛋，据称煮过之后
可让你看到天使身上的魔鬼。
但是，你说，你不是我的例外，
我也不是你我的例外；
我记得你说这话的时候，
细雨的小刷子正在我头上清理着银杏叶。

2001年5月　2005年8月

猫头鹰协会

一首诗为你租用了
这片草坪。而契约是秘密商定的,
就好像有一团黑色的火球
将滚过这被选中的小小开阔地。
几个星期以来,我已熟悉了这片草坪——
每天晚上,我都会穿过这片草坪,
回到我的宿舍。每一天,生活都会缩小,
就像受潮似的, 特别是在
凌晨时分:小到像片片薄纸,
可以像日历一样随手撕掉。
雄猫贡古尔,我将撕掉
有你出没的黄昏和傍晚。"我是猫":
诸如此类的人造皮,我会撕掉
它们的独白权。我也将撕掉
正确的部分和错误的东西——
对我来说,生活不仅仅是
如何彼此选择。我还将撕掉
极度绝望和极其悲哀,而非人的勇气
将酝酿出另一种生命的时辰。
我也会撕掉我身上的平凡和不平凡——
归根结底,毕竟,奇遇定义了

我们的生活。那些值得的，
因珍重变得像火球的，构成了
你身后的背景。当我们在半路上相遇，
浸透在星光中的时间慢得犹如
子夜时分沾满露水的草叶，
而你，像蒙面人将要来取走的
一个搭在树梢上的小黑袋子。

2000年3月　戴维斯

就好像斜对面有只猫头鹰入门

身边的垃圾急需清理;
而深渊的深,却反应迟钝,
不再像从前那样,总能及时杀到。

一抬头,落日已圆满完成了
世界之吻。回味扩散在
玫瑰色的西北风中。

最大的真实其实就是没人
见过你曾因风景而流泪。
而神秘的河流会像这首诗一样

记得你所有的倒影。
下一步,古老的夜色涂抹着
年轻的轮回,将人生如梦

挑破在平原的尽头。接着,
一场安静,在爱的缺席中
称量着我们的瞬间。

永恒才不缺心眼呢。

兄弟，无论如何，你得经受住
意义的考验啊。痛苦不是问题，

解脱也不是问题。既然时间
这么像黑森林，迷途也不应是问题；
捡不到小石头，才是大麻烦呢。

你最好弯下腰来，重新看清
大地的灵感；因为斜对面有只猫头鹰
死盯着这边看，已经很久了。

2017年2月1日

夜莺协会

它存在的理由仿佛是
我们最终会和金色的野蛮人
达成一次互换。交出肉体的一刹那,
交出灵魂是否可能——
已将我们永久地卷入了

一次精神的刺激。世界的黑暗中
缺乏清醒的色彩,所以你
会听到:夜莺亮丽的歌喉
仿佛在用固执的声音弥补
我们对黑暗的偏见。

难道不是吗?黑暗中的恐惧
一定是双方的。你尚未出生,
你就加入其中的一方。
被老虎吃掉后,我们会成为
野兽的奴隶,而这不只是一个例子。

至于另一方要么是天敌,
要么就是从未在我们中间分辨过
天使和魔鬼。密林像迷宫的门帘,

而那持续高亢的叫声暴露了
夜莺是生动的钥匙。

生存是严酷的,白天和夜晚
都一样;但在它的叫声中,
你或许可以体会到:寂静的灵魂
是如何从存在的喧嚣中
替我们节约时间的。

2019 年 4 月

卷三 ｜ 鸟语是有味道的

金翅雀协会

> 同样的火焰,……应当沉思自我。
> ——约翰·洛克

大自然的欢乐转嫁它头上
就是天赋始终很迷人。

别看体型娇小,尖锐的短歌
却能在最深的寂寞中清晰
一个古老的召唤,
甚至能让已躺在石头的睡梦中的
老虎也睁大迷离的眼睛。
爱是灿烂的,至少曾经如此;
而它用色彩丰富的羽毛,迎着北风凛冽,
举出过自己的例子。侧腰上,
金黄绿色羽毛光滑,你已有很久
都没见过精灵的小秘密;
漂亮的尾羽翘动时,原来
一小撮绿黄色,才更擅长处理
天性之间的比较是否会
在人的角度里造成新的遗憾。
是的。它的共鸣埋伏在荒野深处;
很抱歉,你不是它的对象。

表面上的原因,它没有更多的欲望
需要更新。地上的积雪再厚,
也不能令它退缩。偏爱高高的枝条,
就好像只有在那里,它才可以
更好地为我们区分:可见的笼子
和不可见的笼子是否比例正常。

2002 年 4 月　2007 年 6 月

注:题记引自英国哲学家约翰·洛克的《人类理解论》。

绶带鸟协会

> 每一首诗,……都有自己的上帝。
> ——诺瓦利斯

个头只比麻雀大了一点,
但尾羽却长得足以吓退
两只处于交配期的白头鸭。
抛开表面的相似性,缠绕在我们身上的
绶带,似乎也可以从它的羽尾上
找到原始的出处。再使点劲,
原来,每个人都很愿意
从各自的角度谈及我们每个人
都可能被美丽的雀鸟催眠过。
最显眼的,小脑袋上的羽冠
时刻都在辉映着天光,反射出
幽灵般的深蓝色。那稳定的节奏,
不久就会被新的灵感转化到
奇异的冒险中。同行的男人,
没有人知道它的学名。美丽的分歧
首先出现在女孩那边:
一个湖北来的,非常肯定
它就叫长尾鹃;另一个安徽来的,
带着祈祷的口吻,指出它应该叫紫带子。

轮到我出于礼貌不得不贡献
一个特别的故事时，我突然意识到
除了在孟浩然的故乡襄阳见过它们，
鹿门寺外，天地何其广阔，
我却再也没领略过它们的身影。

2002年6月　2007年4月

转引自假如鸳鸯会说人话入门

深秋的河面,倒影里
夏日茂盛的芦苇被除割得
只剩下残根的创口——
直观的感受中,过于粗暴
竟然如此巧妙于比麻木更冷漠。
如果征询我的意见,
我不可能同意我的纳税钱
用于支付这样的人为活动;
我们应该能找到更好的
处理自然的办法,虽然有时
我觉得我们根本就不配。
自然的办法是不是真的
就比自然作为一种方法
更有说服力呢?例子有点可疑时,
我就放慢清洗时间面具的速度。
十天前见到的三对鸳鸯,
现在也只剩下四只;
从颜色上判断,它们应该是
今年新出生的。裤兜里正好有硬币,
向上一抛;如果是正面,
前世比真理更微妙;

如果是反面,我就接着原谅
我们和自然的脱节。

2017 年 10 月 26 日

青鸟入门
——赠程维

像是刚刚被风的舌头舔过，
它的颜色把你从天边
拉回到唯一的现实中——
主人有主人的真理，
客人有客人的伎俩；
涂了秘方的箭已拔出，
张开的弓弦却模糊得
如同亚洲的地平线。
无法调和时，它的机警
殷勤你既然已去过蓬莱，
那么剩下的，还有什么世面
能难得住一个人不想在
堕落的记忆中混入
记忆的堕落。它的飞翔
从来就比空气更主动——
它飞进寂静的冬天的树林，
从神秘的使命中卸下
一副插着蓝羽毛的面具；
活生生的，每个部分
都比已知的小巧更细节；
而从场景的角度看去，

事情发生得的确有点突然，
以至于耳边像是有旁白
提高了熟悉而又异样的音调——
加紧变身吧。考验你的时刻到了。

2017 年 1 月 18 日

黑鸟观止

如果你还没见过
插着翅膀的黑钻石,它们就是。

自信的程度仿佛和五百万年前
如何选择自然的颜色有关。至于对或错,

它们没时间鉴别。如果有什么遗憾,
一直守在旁边的我们或许会知道。

单一的色彩导致的瑕疵
对我们而言是明显的;但对它们而言,

那意味着,世界已不再值得妥协。
它们宁愿自身的黑色

可能会招致危险的暴露,也不愿
生命的快乐在生存的羞怯中

降低了一个未知数。它们是猎手,
精通杀戮的同时,过过手的垃圾

甚至比死亡更多。大多时候,
它们看上去就像乌鸦或鹩哥;

假如你不存偏见,从外形
到滑翔,它们可以说是漂亮的;

它们身上的乌黑加深了美的困惑,
但白夜的局限表明,那也可以无关任何。

1996 年 5 月　1997 年 2 月

候鸟

如果没有这些激动的小黑点，
我们几乎已开始习惯
天空如迟钝的坟墓。
而仅仅凭借有点疲倦的
注目礼，天空深处，
自由和空虚将很难区分。
为什么我会如此担心——
假如没有这样的区分，
人不可能意识到，这些准时
出现在昏暗的天边的候鸟，
并非在炫耀美丽的习性
可以战胜时间的冷酷。
它们的迁徙是对生命之弧的测量；
它们另有仪式感，以至于
高傲的飞翔中，它们的颜色
深如灵魂的酵母，摩擦着
世界的风景，以及生命的渴望
因这陌生的摩擦而趋向永恒。

1991 年 10 月　1997 年 7 月

候鸟丛书

它们还没飞来时,每个人离魔鬼天使都很远。
它们快飞来时,每个人都紧张于
我们不是魔鬼也不是天使。
它们快要飞临时,我们忙于声称
我们既不是魔鬼也不是天使,
但这并不意味着我们就很无辜。
它们飞得越来越近,近到你甚至可以看清
雪白的羽毛上那些轻微的凹痕。
这时,是不是天使或魔鬼已不重要了。
重要的是,你不能让你的舌头把你变成垃圾。

2007 年 10 月

水鸟标本是如何制作的丛书

刚刚解冻的春水之上,
粼粼的波光几乎和你的眼神一样撩人——
只有我看出了这一点,
且好像只有我一个人倾向于
把自然的暗示作为一种弥补,
隐藏在人性和神性之间
有时会显得非常含混。
十米之内,成双的大麻鸭
向手牵着手的我们示范
为什么只有它们能做到形影不离,
而像猎豹或北极熊那样的
野兽却做不到。人似乎很容易做到,
只是无关天性。在这些水鸟身上,
自在仿佛比自由更深奥。
出于天性,但又自觉于天性,
才可能像它们那样做到
真正的形影不离。但愿我没有弄错:
它们的自在看上去很简单,
而我们看待它们的眼光
却常常诡异到,人只能
用一种复杂的心情才能欣赏

这些水鸟的自在多于自由。
它们的样子仿佛暗示过
我们的一种耻辱。但愿我没有猜错：
我们能用复杂的眼光
来看待它们的简单，意味着
我们可能还有救。

2005 年 2 月 2006 年 11 月

白鹳丛书

没有人知道我们
为什么要受到那样的伤害。
由于偶然,我们是白鹳,
或者因为偶然,我们不是白鹳。

现在,我还没有完全混同于白鹳。
我好像还单独剩下点时间。
我读着蓝天写给我的蓝色的信,
而你将读着我写给你的白色的信。

完全昏迷还要等会儿,
我住进落叶的黄色小旅馆,
里面像是很久没住过人了——
所以,它的问题是你是怎么挤进来的。

都昏迷成这样了,
你,你,你是怎么不受迷惑的。
所有布置都那么单薄,那么狭小,
就好像在里面,时间也被他们下过了毒。

2012 年 11 月

也许我看见的就是黑尾鸥协会

养马岛上，海风
竟然也有偏僻的时候。
表面上，夏日的插曲因人而异，
你的插曲，不是小海湾里的落日，
就是斜坡上的大白茅。
而拔掉了狗舌草之后，
我的插曲是沙子——
太明显了，就好像沙子上
有你刚刚留下的脚印。

2014 年 7 月 21 日

海鸥丛书

小湖远离海岸,为世界默默奉献
一个明亮的注脚。世界是我们的,
也是影子们的。这样的世界存在于
一本无形的书中。越是平静于个人的
美德,小湖就越像是一份工作。

小湖有自己的常客:近百只野鸭,
九对鸳鸯;数目不定的乌鸦追逐着,
就像黑色的理发师。红鲤鱼
为小湖按摩一个集体记忆,
你和我相逢在水下,深度就是藻类真漂亮。

点缀着好看的红黑斑点,乌龟
纷纷露出水面,同我们一起进入
空气的睡眠。樱花的睡眠
则是一种教育,每个来到湖边的人
都是被教育的对象。

出于巧合,每条狗都被牵着,
它们的叫声里像是有一根粗大的绳子。
对它们来说,世界就是不许乱跑。

没准世界也被什么牵着——
知道世界的牵绳在哪儿的,请举手。

没错,这些海鸥真的很像
举起的小手。小湖尽管地处内陆,
但它们照样能飞出海浪的影子,食物扔到水里,
便意味着争夺很有风度;就好像在暗示——
附近除了生活,再没有别的暴风雨。

2007 年 1 月

孔雀的报复丛书

请不要介意我
把你描绘成一只孔雀。
影子的自我纠正,我只是
深受启发。我见过很多
漂亮的孔雀,但必须承认
还没见过比孔雀更像孔雀的人。
以前见过的孔雀
都关罩在笼子里:低头啄食,
眼神中像是卡着一颗疲倦的小玻璃球;
偶尔,信步张开华美的羽屏
就好像我们无意间已误入
它们求偶的范围。暧昧地,
通过将我们混淆为潜在的对象,
它们像是可以报复
那些将它们关进笼子的人。
很显然,那些笼子还强化了
一种可恶的惯性:密集的孔眼,
透气性是否良好仿佛可以
通过自由的假象来解决。
待在外面,我们像是有资格同情
它们只能待在里面:暧昧地,

通过将它们转嫁为同情的目标，我们似乎可在某种程度上恢复我们曾有过的天真的面孔。

2009年5月　2011年4月

孔雀舞协会

孔雀不跳孔雀舞
但是我们不服气。我们断定
没有一只孔雀能躲过
我们的眼神。没有一只孔雀
能逃避我们的天性。
这些林中鸟体形优美,大小得体,
很适合提供名义和姿态;
它们移动脚爪,准确地求偶——
每一阵徘徊,都会将一小片草叶
踩成渗出浆汁的琴弦。
它们的美丽如同从更衣室里传出的
一场雄辩:启发一切皆有可能。
于是,我们把世界变成舞台。
巡回演出,传授鸟与人之间的
新关系如何步入高潮,或跌入主题。
在入口处,垂挂的条幅
默认着每一阵微风;上面的字
很工整,很清晰,很好辨认:
我熟悉密林的深处就好像
你从未走出过西双版纳。

2005 年 10 月

一只喜鹊是如何起飞的入门

老式电线杆,不在街面上
但从闹市区往里随便一拐,
它们的身影,便赫然在目——
迄今仍未拆除的原因,
细究的话,比历史中
总会有很多死角还暧昧。
顶端的截面,仿佛是专门
留给天眼的,你从下面经过,
看不到那上面的任何图案。
而喜鹊的脚爪,却能轻易
触及那些图案上的秘密,
并随时做出身体上的反应。

看,又一只喜鹊已落下,
凭经验,凭迎春花的蓓蕾
在附近已跃跃欲试,它很快
就会成为一位年轻的母亲。
起飞前,它把小腹尽量贴向
顶端的截面,就好像
这小小的细节能帮它尽快
节省一些体力。可爱的小脑袋

一刻不停地左顾右盼，
就如同世界的危险从来
都没有减轻过哪怕一毫克。

起飞前，好多动机都已陈旧；
你无法判断，起飞前的两小时里，
它到底穿越过多少人生的空隙，
以便你路过时，它刚巧
会栖落在那电线杆的顶端。
但起飞后，事情就不同了。
你突然发现你能判断的东西
绝不仅限于，最初的三秒钟内，
那展开的喜鹊翅膀是美妙的；
而那瞬间的美妙，也绝不仅仅是
建立在一只鸟对这世界的警觉之上的。

2017年3月7日

来自喜鹊的暗示丛书

我和喜鹊之间的距离
常常会卡在生活的琐碎中。
摸起来,硬邦邦的,有点像露骨的暗示;
记忆中除非有支枪正顶着
诗歌的太阳穴,否则很难解释。

最近这段时间,只要一出门,
第一眼见到的鸟,几乎都是喜鹊。
每次,都不会少于五只。
但它们是五只,还是七只,
对你的灵魂来说,真有那么重要吗?

我和第一只喜鹊的距离
令现实的秘密很尴尬。和第二只喜鹊的距离
则令诗感到困惑。和第三只喜鹊的距离
令自然委婉神话。所以我说,
我一看见喜鹊,你就是最大的获益者。

从隐秘的收益里,我知道
只有爱,最终会原谅我们的笨拙。
但是爱,有时太遥远,而这些喜鹊

好像现在就已原谅我的笨拙,
一只喜鹊能轻易从另一只喜鹊那里

看清它自己。我呢,在这多霾的冬天,
看见过那么多喜鹊,却很少看见我自己。
假如我从喜鹊身上看见了你,
真实似乎觉得羞耻。而假如我没能
从你身上看见喜鹊,这对世界又不太公平。

从规则上看,喜鹊不完全是
视野的产物;但我们不同,
最深邃的你,必定是视野的产物。
假如我不能从我的影子里看见那只喜鹊,
我就会错过死亡像一件最珍贵的礼物。

2013 年 1 月　2014 年 2 月

观看鸟巢如何搭起

一只鸟飞走时,
留下了一小段绳子。
更多的鸟飞走时,
留下了足够的绳子。

每条绳子都很柔软,
像刚出生的小青蛇。
每条绳子都不容易
和比邻的绳子区分开来。

每条绳子都很脏,
在别的地方毫无用处,
形同废品。仿佛只有鸟知道
最后还能用它们来做些什么。

不必太挑剔这些鸟
为什么喜欢用绳子来营造
它们的窝,正如
不能过分地追究这首诗。

1998 年 7 月

在花盆里孵蛋的野鸽子

像平原上的云那样休息——
当我这样回忆时,
意思是和你有关的奇迹
不止有一个。

汉语如云,也多少沾点边——
悠悠替仙女们把关,筛选出
几次过渡。这样的迂回很有限,
但也能缓解一点远眺的疲劳。

一百米,七十米,五十四米,
十九米……或者,算了吧——
不妨坦率地指出,像这样缩短距离
并不能让野蛮分心。

过于亢奋时,我常常想起
一只曾趴在花盆上孵蛋的野鸽子——
在旅美日记中,我称呼你为
我的蓝色的小母亲。

在露天的楼梯上,

你的温柔是一首绝妙的讽刺诗：
嫌我们的孤独不够严谨，嫌自我太吵闹——
多年过去，仍然不得要领。

你的警觉，则像一个内向的木匠
失踪后留下的刨子。是的，每一次，
假如某件事情由一个静物单独造成，
我就会有类似的感觉。

2000 年 4 月　2003 年 5 月

乌鸦节丛书

我们的节日不适合这些乌鸦,
我们的语言一见到它们,就会变成兴奋的猎犬;
看不见的牵链,沿自然之谜
自然地绷断。而它们轻盈地散开,
像黑色的纸袋,被吼声中的气流掀翻到一旁。
短暂的惊恐之后,平衡木的一端又转到它们脚下。
它们是黑色的猎物中的完美的猎物。
它们知道如何保持聪明的距离。
而从远处看,它们像是黑色的梳子
正在道路和绿化灌木之间制作
优美的波浪。偶尔,你甚至能看到
被它们梳理掉的生活的假发——
年轻而乌亮,还用说,看上去跟真的一样。

2011 年 4 月

天鹅日记

新闻里不会有麻雀。麻雀
更像是小人物。麻雀肉壮阳,
但还要看怎么做;料酒要是没配好,
效果根本出不来。所以,主要角色
必须在外形上对得起"雪白而美丽"。
如此,天鹅遇到悲剧的概率越来越高。
源于人性,天鹅似乎比麻雀更优美,
但这还不是关键所在。天鹅之死
会比麻雀之死更逼近一种底线,
但这仍不足以解释我们的无神论。
关于天鹅在鄱阳湖上的遭遇,你可以
闭上眼睛说瞎话,却不会说错——
一晚上,它们被捕杀了三百只。最多的一次,
大约是 2003 年,五小时里,他们用他们的聪明
干掉了一千二百只天鹅。至于后果,
鄱阳湖这么大,没人能管得过来。
想想看,要是把没人换成美人呢。
毕竟,天鹅肉不是猪肉。谁吃过,
应该从脸上能看得出来。到悲哀为止
也是有原因的,因为他们对天鹅做过的事
没人能用同样的方法对他们去做。

2008 年

卷四 | 莎士比亚的蚂蚁

翅脉简史

如果不是因为偶然
一低头,一个像你这样的人
很可能一辈子都不会用正眼注意到
它的存在:昆虫本来就小,
长在昆虫身上的它,就显得更小,
更纤细,更易脆断,以至于
将它独立出来,作为观察的对象,
你会怀疑世界的真实性
是不是在你这里出了什么差错;
一切都正常的话,为什么回溯时,
每一次,都是死亡充当了
它的介绍人;虽然你可以申辩,
不是你干的。这种事情上,
你只和你自己是同伙。
虽然这申辩有助于你对它产生
一生中仅有的一次兴趣:
乍一看,和叶脉很接近,
和人脉却构不成一个反比,
作用也很像大象身上最小的骨头
被拉成了细丝,用来支撑
一种灵活的飞翔。甚至你自己

都会有点吃惊,你毫不费力
就能想象出它是中空的,
有不明的体液慢慢渗入时,
你的神经也会跟着微微一颤。

2020 年 4 月 3 日

蛇蜕，或龙衣简史

乱石纵容荒草，让现场的时间跨度
至少淘汰过十次轮回
和一个四千年的一激灵；
其他的迹象还算仁慈，
寂静很完美，中性得像一面镜子，
使用说明书随时都会夹在
落叶纷纷中；
坡脊之上，
偏南风野得像是刚刚总结过
铅灰的云，也不缺少悠悠。

鸟鸣则听上去如同一次叮咛，
前提却模糊得像我们
已痛失了精灵留下的线索。
事情到这一步，
它可以出场了；
或者你，也可以仅仅作为
一个正在郊游的人突然
旁观到一个秘密仪式的遗物：

皱皱的，但从蜕缩的程度看，
皮膜上仍残留着尚未

完全挥发殆尽的体液,以及
某种暧昧的干燥
试图误导你
不曾看清那主体的蜕变
必须从头部开始,然后经历
与粗粝的大地的反复摩擦,
渐渐结束在越来越细的尾部。

这新旧的交替已被表演成
一次抛弃,就好像新生的获得
必然意味着与旧物彻底分离;
但更有可能,
被蜕下的皮
并没有那么旧,它只是
将一个机会重新赠给了
不断挣扎的古老的身体。

它甚至变得更善于理解
众人陷入的一个普遍困境:
已丧失蜕皮能力,只能通过
将它浸入黄酒,风干,切段,
以及温火煎煮,
来弥补一下
每个人都曾竭力否认
我们其实可以像脱下外衣一样
脱掉我们身上的人形。

2019 年 7 月

蚂蚁简史

并非破败，或年久失修，
一堵失败的墙
因这些膜翅目昆虫频繁的出没
而渐渐成立。外表看过去，
折旧率不曾减弱它的风采，
狂风和暴雨也不曾动摇它的根基，
甚至地震消耗了巨大的
宇宙能量，也没能从它的墙皮上
占到一丁点便宜；可怕的诅咒
和冷血的箴言就藏在
它的缝隙里，但你完全不用担心
这些私人的真理会被它出卖；
蒙冤之日，那上面用指甲刻出的琴键
可以从时间的麻木中追踪到
肖邦的旋律，轻柔到无须借助
心灵的默契胜过时代的喧嚣。
用不着质量鉴定书就可断定，
它结实得就像它的外墙面上
曾刷过一句字体粗大的标语——
类似于最伟大的诗也无法阻止
一辆坦克的前进。想避免失败的话，

它必须重新检讨它的结构
是如何与现实中的寂静发生关系的。
许多小洞口都已被牢牢堵死,
却依然无法阻止蚂蚁的侵入。
一个出口堵住了,另一个出口
很快就会被蚂蚁用它们的黑牙
咬出破绽。发展下去,
一个失败的人很可能也会
因这些昆蜉幽灵般的存在
而深陷在虚假的无力感之中。
瘟疫的阴影下,它们身上是否带有
致命的病菌,固然可恼;
但利用它们喜欢甜食的天性
来设置死亡陷阱,你的梦
不会答应。趁着阳光好,
经常晒一晒人生观如何?譬如,
将它们看成小小的分享者,
也许算不上你对生活的妥协产生了
新的错觉。如尼采暗示的,
适当的厌倦或许是最好的自我防御;
假若你的情绪从不会爆炸,
爱,就很容易堕落成一个大师。

2020 年 6 月 21 日

蚂蚁语言学简史

白露刚过，如果缺乏敏锐，
你不会注意到，蚂蚁身上的黑
比起风和的春日，多出了
一层金属的光泽。盲目的大地，
常常因蚂蚁的黑亮而具体。

出没的时刻看似很偶然，
但严肃性却丝毫不逊色于
人和蚂蚁的角色界限
至少对诡谲的命运而言是模糊的；
而悲哀有时会需要这样的模糊。

你观察蚂蚁时，存在的针眼
也开始发黑；你思索它时，
人的真相也开始原始于
人的真理；但从旁观的角度，
真正的线索尚未完全暴露；

带着对死亡的小小的反讽，
它黑色的顽强抵消了它的盲目；
而它的盲目，如果深究，

更像是对你将蚂蚁的爬行纳入
见证的对象的一种神秘的补偿。

2019 年 9 月 9 日

观蚁记
——赠耿占春

沿时间的线索，看不见的刀光
顺势一切，我们就有了
蚂蚁的梦歌：身影确实小了点，
但不妨碍暧昧的大地
是它们的五线谱。点数着
平静的生活中我们需要搬动的
那些东西时，我羡慕蚂蚁
有六条腿：比我们更准确，
比我们有更多的支撑点，
我的意思是，刚好是我们的两倍；
当然，也要看遇到的人
是否尊重内在的常识；
运气不好的话，乌黑的机械腿
也会成倍增加。据说，蚂蚁能搬起
比它们重一百倍的物；
但根据我的目测，这估计
显然太保守。蚂蚁的承受力
足以让命运陷入黑色的精神分裂症。
不论我们的环境复杂到
何种境地，顽强的蚂蚁
都能从它们的身体里分泌出

不同的物质,以传递多达
二十种以上的意思。在荒远的沙漠,
蚂蚁已懂得利用太阳发出的
偏振光,回到自己的巢穴。
是的,回到自己的巢穴!并且
一点也不担心万一柏拉图
会搞错世界的幻象。而我们的幽默
太严肃,太纠缠于万一我们的
洞穴不是我们的玩笑呢?
我们很像蚂蚁。蚂蚁也很像
再没有其他的黑色昆虫
比它们更像我们的另一种原型——
神农山下,当随意的晚风
过滤随意的思绪时,想起以前
在很多场合里说过的诸如此类的昏话,
我突然感到一阵强烈的不好意思。

2013 年 5 月　2014 年 1 月

蜻蜓丛书

成年之后,这些美丽的飞行器
曾让我的忏悔录
塌陷在梦的地基里。

通常是在黄昏时分,
它们低空的飞行会缩短
无神论和有神论之间的
一个距离;我曾跪在保罗·克利
没画完的草地上,祈求它们的原谅:
就好像在虎跳峡附近,
闪烁着童年之光的水塘边,
为了和在小伙伴的竞赛里
拔得头筹,我曾捕获过
数不清的蜻蜓。才八九岁,
任凭谁,怎么可能分得清
捕捉和杀戮在生命的游戏中的
微妙的界限。我早年的成就感
曾密集地来自手指间
夹紧过的蜻蜓的数量。
高原的夏日异常炎热,
但从发芽的身体里涌出的快乐

却从未有一刻迟钝过；
那也是一个非常特殊的年代，
教我们识字的老师，也多半
不知道蜻蜓是益虫；至少他们
远远看见过我们在捉蜻蜓，
却从未加以阻止。我曾反省过，
如果母亲的口吻过于严厉，
我是否还会像欢快的行进中
一块被突然捏住的闸皮——
蹲在安静的楼梯上，表面上
不服气，但起伏的心潮已涌向
仿佛和我有关的第一个
命运的对比：按母亲的提示，
如果我的快乐不曾建立在
它们的死亡之上，如果我不曾
在它们美丽的飞行轨迹中
强行扮演某个角色；这些蜻蜓
就会一直用另一种死亡没收
朝我们的睡眠汹涌飞来的
可恶的蚊子和不知名的毒虫。

2005年7月　2006年4月

蚯蚓丛书

你姓蚯,单名蚓。如果说错了,
请再给我一个诱饵。
请用诱饵纠正我的错误。
请用错误延迟一个思想。
或者,你复姓蚯蚓,身材娇小,
在必要的环节上处处柔软,
但绰号却很强硬,听上去
像个黑帮老大。你号称地龙。
顺着地龙这条线索,回过头去,
再看被我们踩在脚下的
这片土地,践踏本身已有些麻木,
而你仍像灵巧的钻头一样
疏松着泥土。你雌雄同体,
靠重视环节取胜。虽然那胜利
由于我们的堕落而越来越飘渺。
你有好几个心脏,也许正是由于这原因,
你的按摩技术堪称绝对一流。
你死后,带着地龙的面具来拜访
潜伏在我们身体中的各种疾病。
因含有一种酶,你可治半身不遂。
你是伟大的分解者,达尔文曾称你是

地球上最有价值的生物。
据推测，你能用灵活的环节
分解掉我们所产生的各种垃圾，
现在，求你啦，请帮帮这首诗吧。

2011 年 6 月

蜥蜴简史

告诉你一个秘密：
蚯蚓有蚯蚓的土言，蜗牛有蜗牛的俚语，
蜂鸟有蜂鸟的方言，但只有
在绝妙的汉语里，蜥蜴才和友谊押韵；
如果原始的自然回声值得
一次信赖，这越界的关联
将触及情感的偶然性
不仅很稀有，且比情感的秘密
更考验你作为一个潜在的
驯养者是否精力充沛，比真理的
秘密还花得起时间。
毕竟，这和变色龙总是
喜欢把事情搞砸，只知道讨好
人类的道德趣味不同。
一只蜥蜴，意味着时间的长度
在它身上已完全沉淀，
激变为一种时间的方向：非常缓慢，
但依然用鲜红的舌头保持着
敏捷的突然性，直到这缓慢
将世界的危险全部转化成
一种温顺的假象；以及

耐心即天才如果反过来
更加成立的话，它的友谊
确乎已进化得意味深长，不可或缺。

2019 年 11 月

蜥蜴丛书

转动的轮子改变了
世界的声音。你听到的音乐
不再是草木的响动,不再是单纯的回声,
它更好听,它充满了
更难判断的诱惑,就仿佛
这世界从未被神抛弃过。
该死的芒刺,也就是说,
在世界是否已被神抛弃的问题上,
有人对你撒了谎。
今天下午,两只轮子缓缓转动,
从你的领地上压过,
你逃过一劫。我假定
你不必拥有和我同样的心室构造,
也能听得懂我们的心声,
就像尽管有其他的动静,但我能听得懂
从草丛里传来的蜥蜴之歌。
它的意思是,假如只有一只轮子转动,
独轮车就会把世界推回到
没有蠢驴的年代。

2011 年 7 月

白眉蝮蛇协会

最豪华的软禁
邀请它认清一个事实:
虽然一次扑咬,它就能毒死
一百头黄牛,但现在,
隔着钢化玻璃,它不过是
一件动物展品;萎缩的表情
猥琐在阴暗的角落中;
行动迟缓,就好像漫长的圈养
让它也开始幻想或许
可以利用一下那习惯性的迟缓
在我们的经验里造成的
某种错觉。如此,它的迟缓
不同于任何一种迟钝,
更像是一副被有意抻长的面具
松弛在顽固的本能中。
而且看上去效果也不错:
既很像配合了我们虚荣心的
一种表演,又恪守了
一个古老的悬念。因为隔着玻璃,
我们知道自己是安全的;
运气好的话,当你把鼻尖贴近玻璃,

它像是感到了异物的存在，
朝着你缓缓移动，直到你和它的
眼神交流，突然凝固成
一种紧张的对视，跨越了
不同物种之间认知的障碍——
在此之前，处境的优劣
不存争议，是它一直盘桓在
玻璃的后面，被透视，被参观；
在此之后，从它的角度看，
一直待在玻璃后面，同样
深陷在一个假象中的，是你；
不然的话，你的安全感就是假的，
甚至是由玻璃造成的。

2002 年 8 月

蛇足简史

人类的故事中,它深刻于
假如不用几个类似的教训,
沿软肋,捅一捅生锈的天窗,
人的脑袋就会被各式各样的幻觉
吹成忽忽悠悠的肥皂泡。

爬行动物,大地的浑朴以及
洞穴的幽深,成就了只有在蛇身上
才能见到的蜿蜒之美。但你脑袋里
有肥皂泡没吹干净,难以接受:
它不存在,它才更完美。

嘲笑越尖锐,它就越不存在;
但在你这里,情况刚好相反。
只有在非常特殊的情形里
你才会隐隐感到,天赋即动机。
或许你擅长的,不仅是用语言来刻画;

如果对面的石缝里恰好有
一条青蛇,你会对它做什么?
你会将一条真实的蛇

描绘在标榜真实的画纸上
而绝不会感到一丝尴尬吗?

如果世界上确实存在无脚的蜥蜴,
它又是如何完美地将自己隐藏
在蜕化的鳞片中的?难道它触摸过的
洞穴的墙壁比人类的更古老,
它就活该以绝对的无形为命运?

2019 年 2 月 25 日

黑胸胡蜂协会

凤凰大酒店，25层，
朝北的套间里，我临时起意，
却深陷在一个比较中：
语言的牢笼和时间的洞穴
究竟有何不同。世界观的形状
虽然不属于历史机密，
可一旦隐喻稍稍显得笨拙，
牢笼就很可怕；更可怕的，
似乎是洞穴比时间本身还狡猾。
很快，思想的僵局
便有了一个具体的海拔；
窗外的浮云看上去
虚假得就像石头的棺椁
已被大水泡成了乳白的絮状物。
封闭感强烈，但并不真实；
我踅步来到明净的窗户前，
上面有抹布擦过的痕迹，
但并不影响夏日的光线
尖锐得像悬案中的某些线索。
我感到了来自范例的诱惑，
用起来很方便；但太方便了，

就有可能包含着一种针对
人性的报复。犹豫之际,
一只黑胸胡蜂出现在玻璃的外面;
像是迷路了,它的动作有点急躁,
却不失轻巧,完全不像在探监,
反而显得我好像可以和它
来一次里应外合,将世界的界限
破除在小小的戏剧性中。
我能感觉到,它用尾部的螫针
不停地蜇向对肉眼来说
并不存在的玻璃之花,试图鉴定
它们是否真的是人造的东西。
而我脑海里则浮现出
耸立的悬崖:一只胡蜂
误以为大厦的墙面不过是
崛起的自然物;它甚至敏感到
一种空虚,试图从外面向我突破;
而我在里面,努力抗拒着
一个念头:如果我和它对调了身份,
宇宙的深处会发生什么?

2002 年 9 月　2005 年 12 月

马蜂窝简史

宇宙有多大，它就有多小；
它小到你我即便深入
山谷的尽头，也不一定
就能目睹它的真容；

隐蔽性很强，几乎和人类
无意之中做过的错事
成正比；它是智慧的另类结晶，
偏向于你我即使心怀大爱，

也不一定就真懂僻静的本意；
像个倒挂的小铃铛，
精致于仅凭完美的蜂蜡，
它就可以戒严得如同小小的堡垒。

你我的手也许的确很巧，
但它的材料才是用身心分泌而成的；
暴雨过后，它就像睡着了似的，
依旧垂悬在门铃的底板下。

从未低估过大自然的险恶，

如果有忽略,仿佛只是人的好奇心
被有意暧昧了;如果它是被捅掉的,
你敢说你是合格的证人吗?

2019 年 7 月 23 日

蝼蛄简史

昨天还好好的丝瓜苗
今天已大事不妙。碧绿的茎秆
已经打蔫,叶芽的吐露
不再散发生机,反而像追悼
小小的亡魂。你回想着
育苗过程中的种种细节——
任何的疏忽,只要涉及
你和他人的不同,就是不可原谅的;
浇水时,有没有爱心泛滥?
而在潮湿的泥土下面,
这些地蝲蛄的轻罪几乎从未
被人们恰当地谈论过;它们吞噬
植物根茎的行为很难渗透到
我们的主见中;况且每次见到它们,
你都会分神于它们和蟋蟀的区别。
嘿,小心点。如果还分辨
不清的话,你用开水
将它们烫死的事情将会败露——
人的身体里究竟丧失过
怎样的平衡,以至于
你要用滚开的水将它们处理成

秘密的偏方；将它们和它们的道德一起
晒成又干又脆的外壳；但道德是
有死角的，难道你觉得
真会有一种良好的生命感觉
可建立在它们晒干的尸体之上吗？

2021 年 4 月

秋蝉简史

> 世界上最肮脏的,莫过于自尊心。
> ——玛格丽特·尤瑟纳尔

起伏的蝉噪,像一根松弛的链条
垂悬在榆树和梧桐之间;
对比立秋之前,暴露的枝条
越来越细,枯黄的叶子也越来越像
一群山雀厌恶了伪装的安全。

连续好几个阴雨天后,
鸣叫时,高亢爬坡的能力已明显减弱;
而基调的变化则来自一个人
只能越来越敏感于如何克服
天籁中还隐含着多少悲伤。

一个轻易做出的否定意味着
人生的腐败已不值得将草根浸入
清水中再次加热,除非你断定
这递衰的噪鸣正接近一次呐喊——
如同神启,偶尔也会迷惑于众生平等。

2020 年 8 月 23 日

蜂巢协会

五秒以前，你不会知道蜂巢对你意味着什么。
你不会想到通往蜂巢的路会如此曲折，似乎漫长的
已不仅仅是时间，其实，秘密更固执。
这是一个起点。但你迟疑着，仿佛接受这变化，

镜子就会碎裂成新闻。但是，世界不是借口，
你总会在这些种子里找到神秘的友谊的。
一旦春暖花开，它就会把自己挂在树上，
用完美的建筑巩固着无知的甜蜜。

2003 年 7 月

蝴蝶课入门

白蝴蝶最常见,花园里就有;
黄蝴蝶也不算稀奇,但它有点像
刚刚萌生的男孩的性别意识中
邻家小女孩爱穿的小花裙;
最能激发个性的,并且在颜色上
最能吸引你的是,蓝蝴蝶——
很稀少,不是每一次都能在
点燃的期望中和它像精灵的兄弟一样
重聚在童年的欢乐中;
不过这小小的遗憾很快会在过剩的精力中
稀释成另一种情绪:每一次
你都会骄傲地记得你在植物园里见过它。
你们还展开过一场不公平的竞赛,
穿着新买的儿童鞋,奔跑着,
你努力想缩短和它之间的距离;
有好几次你差点就成功了,
但这么美丽的蝴蝶居然会耍赖——
在每一次看着都像是最后一次的抓扑中,
出于本能的狡猾,蝴蝶会突然变线,
一个轻飘的躲闪,就让你扑空,
然后沿着童年的惯性,摔倒在草地上。

我不会去扶你。这样做
肯定是有争议的；而我知道
你很快就会理解我希望你能理解的
一件事：我们对事物的喜爱
包含了我们的挫折，而真正的喜爱
常常就建立在这样的挫折之上。

2018 年 9 月

蝴蝶不是刺客

既是舞者也是精灵,
当迷惘扩大在
人性的黑暗中,
唯有蝴蝶准时现身在
残酷和仁慈之间。

你的蝴蝶,你却叫不出
它的名字。它活泼在双重面目中,
既是化身也是替身。
即便不在野外,蝴蝶的邀请
也近乎一次美丽的煽动;

当你显得迟疑,
魔法却表明,时间已提前
付出过美的代价;
蝴蝶的轻盈,无时无刻
不指向温柔的天赋。

确实不太容易确定
它是不是最好的伙伴;
蝴蝶不是刺客,但因为它

一直伴飞在左右，
你仿佛获得了某种神秘的信任。

1995 年 9 月

蝴蝶来信

坑坑洼洼的，但石头的脸上
的确栖着一只蝴蝶；
风口已转移，而它低着我们在辞典里
看见过的小脑袋。

它的翅膀稍稍大于芍药的花瓣，
翕动时像叠过的小彩旗；
它不曾遗漏过我们所知道的
任何一种变身术。

一枚致死的别针
无辜得像它的晾衣竿。
有点冷门，但它的纤小的确是一门课，
它也让命运折中于小小的化身。

啜饮完昨晚的雨水之后，
它像是在倾斜的音符里睡着了；
而我则像是突然闯入了
它正做着的白日梦中。

我的脸被阳光的耙子

轻轻地犁着。
一阵风吹出了半空中
被我们平常所忽略的一口井。

蝴蝶身上的信
在白云的阴影里戛然而止……
我似乎有点想起了
我是如何掉到这井里来的。

            2000 年 4 月　2001 年 2 月

为什么是蝴蝶协会

我瞒过了宇宙的遗产,
却没瞒得过眼前的
这只蝴蝶:你是害怕死亡
给我们带来的漫长呢,
还是害怕死亡给我们带来的短暂?

都不是。但既然你看上去
像词语的白色风暴中
离我们最近的那个缩影,
既然你提到了我们,我害怕的是
我们的死亡和你无关。

2014 年 2 月 26 日

最后的蝴蝶入门

比香山更环抱,好色的落叶
又悄悄开始以你我为对象
进入它们酷爱的角色;
任何虚晃一枪,都比不过它们更擅长凋谢:
在风景的秘密中凋谢
好比你注定会迈出那自然的脚步;
在人生的恍惚中凋谢,意味着
它们渴望将自身埋伏成
一种只有轮回之歌才能认出的针眼;
在时间的深渊中,它们的凋谢针对的是
仿佛只有立秋后的蝴蝶
才能将世界的全部重量煽动为
一对美丽的翅膀,一会儿将你轻轻打开
一会儿又将我迅速合拢;
直至精灵们不满化身太偏僻,
从暗影里跳出,面对宇宙的苦心发誓
我们的智力从未被低估过。

2018 年 9 月 23 日

竹眼蝶丛书

江南的初夏,时间的阴影
从不同角度,将人生的恍惚稀释在
昆虫的喜剧中。依次出场的是,
你差一点没认出紧随在
宽尾凤蝶身后的白带竹眼蝶。
曼舞结束后,每一片浓阴,
都比前一秒钟更可用于
人的自由的擦拭。明亮的反面,
封闭在美丽的吸管中,
流动的方向与岩浆相同;
非常缓慢,如同大地的滋养
缓缓驶入一个激情的拐点。
通常的情况下,肉眼不可见,
但并不妨碍内在的觉察
已充分捕捉到,无花果的汁液上
有一个漂亮的小洞,小得只有在我们谈论
蝴蝶的语言时才会稍稍触及。
而几乎每一次,当我们谈论
蝴蝶的语言,我们都控制不好时间,
就好像我们已不由自主地
在炼狱的底部,暴露了太多的替身。

2007 年 6 月　2009 年 9 月

蝴蝶简史

青草之上,每个人都沉重得
像头受伤的牛,并因流血的创口
渐渐失去野性。而它们的轻灵
则像是赢得了野花的全票。

遭遇灵与肉的难题时,
我们的替身中仿佛只剩下蝴蝶
从不计较世界的同情心
常常缺乏一种准确的安排。

真要比大小的话,所有深渊中
越艰险的地方,越不乏它们
自由出没的身影;人的所有界限,
对它们来说,不过是幻觉即将被打破。

唯一的区别是,它们以我们为
唯一的观众,而我们却很少坦荡到
以它们为唯一的舞蹈。
宇宙之大,唯有它们的天真

敢于以我们的自私为代价——

身形那么轻巧,却足以令人生的假象
瑟瑟发抖。甚至全部的亲眼所见,
都未必能证明它们的出处。

甚至更真实或更虚构都不曾妨碍
精灵借你我察觉到一个事实:
与其说它们来自美丽的大自然,
不如说它们来自更深的内部。

我不会冲着它们说人的语言,
因为一旦开口,它们的沉默
会令死神惭愧到我们仿佛只能
从游荡的风中寻找一个答案。

2019 年 6 月 25 日

蚂蚱

半山腰上，躲过砍伐的
亚热带植物依然不知道
怎么给钢铁是怎样炼成的让路。
子弟小学在放假，简陋的教室
看起来像废弃的仓库。
毒太阳的数学却从不出错，
它把清晨和黄昏加起来，
再乘以童年的顽皮，
得出的结果是我们这群野孩子
好动的双腿不亚于
世界的等号，已自由到
可灵活弯曲。几个回合下来，
野孩子们便开始有了
自己的秘密仪式。几乎每块
大石头的背后都会有
一个背风处，那里，火的使用
鼓舞了禁忌的破产，并深深刺激了
盲目的信任感在我们中间
蜕变成一种原始的等级意识。
最先吃掉火烤的蚂蚱的人
被认为是勇敢的，犹豫的人

将被视为胆小鬼。在那种场合里,
蚂蚱有没有毒,可不可以吃,
根本就来不及考虑;就好像
多年过去,那感觉依然强烈,
吃掉火烤的蚂蚱,你就可以入伙。
再犹疑半分钟,我就可能被推下悬崖。

1998 年 11 月

蚊子

嗜血术中最可恶的
小坏蛋,以至于问题的解决
不得不依靠小小的私刑。
统计局的抽屉里
甚至放着一份秘密报告,
上写着:你拍死过的蚊子
和远在罗马的恺撒
拍死的蚊子几乎一样多。
历史会骗人,但像蚊子这样的
反面角色,一旦编入
历史的细节,它会很自然地
显露出另一种真实。
近乎事实的真实,那里面
似乎还埋藏着一个真相:
在蚊子的法律面前,
无须华丽的言辞,血是平等的。
流在你血管里的血
和流在恺撒血管里的血,
对蚊子的胃口而言,
没有本质的区别。
你的存在,O 型血偏甜,

构成了蚊子自身繁衍的一个环节；
就像它的存在，也构成了
一个更隐秘的环节：血的失败。

1993 年 8 月　1997 年 5 月

小生灵

并不是所有的悬念
都会围绕着假如乌鸦
失去了身上的黑色,它会怎么办。
惊呆的,只会是我们;
而乌鸦也许会难过一会儿,
但接着,它会鄙视世界的玩笑
已堕落到只能依靠极端性
来敷衍想象力的匮乏。
也只有在这样的冷场中,
盛大的匮乏才可能构成
一次艰难的自责。
重新观看时,角色已突变。
小松鼠会在雪地上
跳跃着,表演你终于
在它们身上找到了
灵性存在过的迹象;
一旦需要作证,你的理由
甚至可以充分到人性的恢复
仿佛来自你的脚印
曾非常小心地绕开了
那些坠落的坚果。

1998 年 11 月

反昆虫记

五只蜜蜂尽兴在
高原的斜坡上——
将它们镀了金的小图钉
从虎耳草的花蕊中拔出,
不出七秒钟,又将它们
按在了鸢尾的花蕊上。

至少有五只蜜蜂,
而如果从声音上判断,应该有
更多的蜜蜂忙碌在现场附近。
五只蜜蜂已经抵达幸福,
而我们的幸福也许只是
比它们的要稍稍复杂一点。

复杂在我们不必羡慕
它们的幸福,复杂在
我们不必模仿它们的幸福,
也复杂在我们清楚地知道
这样的比较仅限于一种乐趣,
或许,还复杂在我们另有榜样。

我在此地的停留时间
非常有限。开始时，我警告自己
不要把有限的时间浪费在
这五只蜜蜂身上。根据现有的舆论，
蜜蜂同男人的关系从未恰当过，
也从未有过例外。

蜜蜂是我们的替身，
单数的如此，复数的也是如此，
并且还提供了大量的例证。
已有许多人蒙冤在它们的工作方式中。
也不妨说，我们因本能而无法找到
其他的替罪羊。

接下来，在沿途的每个景点
我都看见过蜜蜂，甚至看见过
几只绵羊混在山羊中埋头吃草。
不过，我的视野中再也没过
五只蜜蜂同时出现。小小的诧异之后，
我惊喜于其中的暗示绝不普遍。

2001 年 8 月

游泳池里的胡蜂

周围是三层楼高的出租公寓,
中间的空地呈三角形,
向下一挖,很完美,
一座小型游泳池便大方地落成了。
怎么看,游泳池的面积
都像是一座大号的地热温泉。
据说本来是要建花坛的,
但为了区别比邻其他建筑,
想象的花坛最终真实地让出了
自己的位置,以便喜欢波浪的人
能有一个暧昧的机会。
周围,夹竹桃用鲜艳的粉花
喂棕榈投下的影子——
这样的心愿不曾公开,
不曾离谱于偏执,
仿佛是看准棕榈的阴影
像一个友好的胃,只要喂饱它,
它就会投放出浓密的阴影。
如此,加利福尼亚的炎热
不完全是一种天气现象——
它的热,明媚得犹如

和社会寓言签过的一份合同。
即使是短租,也要签字;
刚放下签字笔后,我就从明亮的阴影
径直跳进碧蓝的池水中。
还在兴头上,一只胡蜂
突然被发现漂浮在水面上;
看上去好像已没生命的迹象,
有点像黑帮电影里一个小坏蛋
已在荒僻的水域里泡了一个星期。
当我用手背将它托举出水面时,
它却狠狠蜇了我一下。接下来的懊悔中,
我意识到我看它的样子
有点过于天真,就如同一条鱼
在观察抛入水中的诱饵。

2000 年 6 月　2002 年 2 月

莎士比亚的蚂蚁

旁边有枣树,银杏,石榴,
稍远点还有核桃,樱桃,玉兰,
但是,这只蚂蚁却选中
丝瓜的藤蔓,慢慢往上爬。
沿这样的方向,它要寻找的粮食
甚至连你都未必能认出。
也许,它只是刚刚穿过了针眼,
那静止的瓜藤对它来说
不过是一根骆驼毛。
而我突然萌生一种冲动,
渴望管这只蚂蚁叫莎士比亚。

1998 年 7 月

卷五 | 跨越领地之谜

野马简史

那应该是踩踏灌木的声响,
从词语的黑暗中
持续传来。荒原狼的体积太小,
弄不出那么大的动静;
只剩下两种可能:骆驼和野马;
而你更倾向于野马。因为
根据频率判断,看不见的手
像是马上会炸裂在暴躁的蹄子里。
星光不算微弱,但星光
像是被时间的对手做过手脚;
它们的方向早已固定——
全都来自过去,并不能照明现在;
也无法将现在照亮在未来之中。
尽管爱丽丝的来信已明确提及
精灵的暗号,但那时
你眼里只有伟大的斯宾诺莎,
你不相信魔药能泯灭
智慧和死亡的界限。漫游开始变得陌生,
大地的原貌也已开始撕下
小夜曲的面具。不得不说,
将你引领到此地的人,已隐身在

星光的祈祷中。下一秒
就从粗活开始吧。在语言的韵律里
挖一条干净的沟,将活水引到
野马出没的地方。没错,
现在可以看得更清楚了——
地上的那些深深的蹄印,应该是
它专门为这首诗留下的。

2001年3月　2021年5月

都灵的马入门
——重读尼采《扎拉图斯特拉如是说》

隔着汗津津的厚皮，
尖锐的疼痛在另一个红海里爆炸；
如果它仅仅是畜生，是挥舞的皮鞭下的
只能由冷酷来麻痹的对象，
那么，在你我之间
让沸腾的血液猛然凝固起来的
那一小坨可贵的惊愕
又会是什么呢？当都灵的乌云
带着黑色的困惑将现场围拢，
哪怕死神偷懒，那永恒的轮回
也会把你中有我带到深渊的边缘，
就好像那里埋伏着比窄门更多的抉择。
那里，坚决到沉闷的空气
叼着热烫的碎片，就好像无意之间
空气暴露了时间是长过虎牙的。
那里，高昂的头颅被紧紧搂住，
伸出的手臂仿佛来自比神的觉悟
还要清醒的一个生命的动作；
而作为一种阻挡，你的拥抱
是比我们更天真的变形记的
分镜头，你的哭泣是歌唱的项链，

将伟大的疯狂佩戴成

围绕着无名遗产的一圈鲜花。

2018 年 9 月 29 日

蓝狮简史

可以有两种理解它的方式:

第一种,无须卷入真真假假,
它不过是一种称谓,
或一个绰号,就像有人出于
特别的心理,管她喂养的
一头小黑猪叫金毛。
习惯之后,能听到它的呼吸
已混入我们的缺席。

第二种,它确实存在,
但不取决于我们的观看
是否正确。除非你发誓,
我们的灵视将只用于
内心的激动;而它会得到
另一个更好听的名字,
以便它像一个完美的目标
渐渐清晰在你的印象中;
全身淬蓝,一根杂毛都没有,
屁股微微翘起,背对着
面目含混的窥视者;

硕大的头颅朝落日抬起时，
似乎和非洲草原上的其他母狮
在体形上没什么两样；
且吼叫的间歇，它的兽性
更像一个轮廓，既不真实于
我们对未知事物的挑剔，
也不虚假于我们对自身无知
所做的暧昧的检讨。偶尔也悲伤，
但不像我们会发疯。从撕裂的
骨肉中滴淌的血，构成了
它的理性。如此，我不保证
它是否会伤害我们，我只保证
它到目前为止还没吃过人。
它是逃离的产物，仿佛
最深的梦中，有东西从你身上
纵身一跃，但不同于豹变。

2020 年 11 月 1 日

猎豹简史

将一只豹子关进笼子,
开始卖票。结局可以有很多,
但你只对其中的一个
感到紧张:豹子不再是豹子;

而假如实施者确实是你,
你又没法否认,你也就不再是你。
栅栏后面,豹子失去的东西,
也是你注定会失去的东西。

甚至你失去的,只会更多。
假如豹子失去的是自由,
你失去的,肯定要多于自由。
除了幽灵,还会有人在乎你是谁吗?

同样,将一只豹子关入语言,
就像里尔克做过的那样——
语言也不再是语言;那想象中的铁笼
也不再是牢笼,更像是实验室。

阳光会定时斜射进来,

而你不一定就置身在栏杆外面。
只剩下一个角色：你的心神
全都贯注在我们中是否还有人

能从豹子的化身中分离出来：
就如同奥登碎嘴感叹的那样——
那么做，肯定受到了精神上的暗示，
里尔克身边的女人都太聪明了。

2019 年 12 月 1 日

熊牙简史

重如乌黑的矿石
狂乱碾过将你像细线一样
绷紧的生机,周围的断枝上
已溅有鲜红的血迹……

即使现场很难确定,要还原到
这一幕也是可能的;
针对性很明显,脑海深处闪过的
激烈的肉搏本应消除

一个人对它的真假的疑虑;
更何况,在这么荒僻的山野,
这枚如此可爱的野兽的小骨头,
已在你的手心里反复掂量过多时。

随着天色渐渐加深,
四周的深山也开始像
沉重的诺言,施加在
你对它越来越强烈的好奇中。

得手后,只剩下一个迫切的问题:

如果它能辟邪,我们就不是好人;
如果它能镇妖,就再也无法解释清楚
我们曾和魔鬼打过多少交道。

2020 年 7 月 17 日

黄鼬简史

数量上,它已是这个冬天
你看见的第二十七只黄鼬——
昏暗的灯影下,匆匆蹿越柏油路面,
然后猛地一跳,总是在你
还没看清,还没来得及做出
清晰的判断之际,它已像飞起的
被闪电赞美过的肉球,
狠狠砸向幽黑的灌丛。

出没的地点相近,时间也大致相同,
所以,二十七只黄鼬里
很可能有一只黄鼬,你看见过
不止十一次。但说到遭遇,
小小的黄鼬似乎分量还太轻;
甚至巧遇里,因为肛腺的缘故,
它也很难上台面。唯有说到敏捷,
有一次它飞快得像是刚刚被刺猬搞了几下。

诡异的是,它从不知道自己
给鸡拜过年;如果你有印象的话,
被老鹰追赶着的奔跑的野兔

也跑不过它的鼬性。夜晚如此安谧，
所以，它的迅猛与其说
像一段题给深奥的黑暗的警句，
不如说更像是扔向空旷的笼子里的
一根长着黄毛的拨火棍。

2019 年 2 月 21 日

北方的狼入门

一旦出现,紧张的空气
便开始反拧人生的
假象;远远的对峙中,
先机已替世界亮出底牌,
对方的嗅觉岂止于敏锐,
不仅仅察觉到你身上有
一头美丽的麋鹿,比迷路
还擅长暴露大地的偏心;
甚至对方的听力也已捕捉到
那几乎不太可能的动静,
深藏着的原始恐惧突然揪住
一片毫毛,将封闭在你身上的
古老的透气孔全部打开。
幸运的是,这只是
一个测试;你还有很多机会
争取更好的结果,去深究
什么是诗。譬如,在这样的场合中,
诗,保证了一种独特的真实;
只要语言和寓言的比例尺
是正常的,远远的对峙中,
即便你只是一个人面对

一群擅长集体作战的灰狼，
你的恐惧，也有限得像一面镜子，
依然可以被你自己照见；
但假如离开这首诗，取消了
词语的边界，你的恐惧，
会变成另一面镜子，仿佛只有
慢慢向你靠近的狼群
才知道怎么使用它。

2019 年 10 月

棕熊的世界丛书

其实,陌生的归宿
一直在人性的迷惘中保持着
自己的方向。不一定
就正确,但开放的程度
不亚于你突然发现:
莽莽的群山像是自古以来
就按照精确的比例缩小着
它的各种巍峨的剪影,
以配合棕熊的准时出没。
从相互掩映到相互掩护,
直至神圣的依存令纯粹的旁观感到羞愧。
甚至连以红莓为代表的
山地浆果的短暂的爱
都知道它发达的嗅觉
比起山雀的小甜嘴更丰富于
肉感的启发。对于新鲜的嫩叶,
它也是顶级的食物品鉴者,
老到至人的野外经验简直没法比。
如果你不知道舔过蜂蜜后
发紫的舌头又沾满了黑压压的蚂蚁
意味着什么,它绝对可以充当

免费半小时的心理医生。
更多的，关于世界的记忆，
也曾以它的足迹为线索，
曲折在我们的无知中。
甚至你都能感觉到：只有灵敏于
客观的迹象，北方的山色
才会浓缩成守护神的情绪。
此外，如果阴暗的蛇曾令你头皮发麻，
那么，所有和它有关的形象
却很显得直观：有时就像黑塔，
它突然将浑身的横肉竖立在
荒野的警觉中。它身上
黑色的野蛮怎么看都很肥腻，
一旦涉及对峙，却如同一个收紧的皮质
大网兜，随时从世界的愚蠢中
将生命的力量兜得死死的；
并且只要和它仔细比较过，
你就会成为一个崭新的谜。

2019 年 1 月

梅花鹿丛书

穿越那险峻的河谷时,
它身上中了一枪。偷猎者的子弹
果然比狼牙更邪恶。
一路上,它滴落的血
暴露了死神偏爱的
一条线索,也让残忍的本性
在有限的精力中变得
十分狡猾。但看起来,
对我们有很强暗示作用的宿命
几乎从未触动过它的神经。
非常绝对,在猎物和弱者之间,
它的警觉性和奔跑速度,
是近乎美德的两种天赋。
而这一次,似乎有点意外;
跨越那根被雷劈倒的大树时,
它用力跃起,刚一着地,
就重重摔倒,瘫软在泥浆里。
接下来的一幕,想必你
已不只在一部电影里看到过——
为了减轻它最后的痛苦,
护林员掏出枪,对准它的太阳穴

扣响了扳机。如果有葬礼，
那一定是你从附近找来
足够多的树枝，盖在了它身上。
现场已如此清晰，而你此时
究竟在哪里呢？如果这一幕
注定无法避免，仅仅挖
一个比人类更大的坑又有何用？

2006 年 2 月

马鹿协会

一撇一捺,人,像是留给我们的
最后的机会。而你拥有的美丽
像另一次机遇。因为你,我几乎深信
我们将得救于一次观看。

我承认我从未好好地看过你。
你的警觉,几乎拖垮了我的现实感。
野生的小酸枣,你在峡谷里刚刚嗅过它们。
你从不知道我们给你起的名字。

而我,因为一次意外,
知道你深谙你自己有多么美丽——
这也是我知道的
唯一与完美无关的美丽。

我也很理解,你的美丽太容易紧张,
它消耗着你的本能。而你蹦跳着求爱,
用犄角猛烈地纠缠古老的占有权;
当你成功,大地就是你的腰鼓。

轻轻一跃,一座深涧

就参与了你的天性。宽两米五,
深三十八米,这些尺寸包含了
你如何用敏捷来舒展另一个自我。

在崎岖的坡地来加速,你掌握的
奔跑技巧令我暗暗吃惊。
精湛于精力的使用,死亡也落后于跳舞;
当我转回身,半个宇宙像一幕舞剧刚刚落幕。

2002年9月 2003年5月

香獐

时间的马群突破了
玫瑰色的悬空感,朝我飞奔而来。

爱与死的距离同时被缩短,
古老的震颤吞没了
周围的鸟鸣。从你的角度看,
我或许没说谎,但错误可怕得犹如
我们不得不既爱又恨的时间
其实是一头胆小的香獐。
共同点是,飞奔并未减速,
反而增加了迷人的跳跃。
而我的惊异将在世界的愚蠢面前
暴露我的年龄:一个人
只有成熟于他的语言的味道,
他才是可取的。而此刻,
我不过是你我的分裂状态,
已习惯了瓶装的情感;
唯有隐秘的骄傲还涉及一点
难以解释的个人状况:我的语言
构成了我微微隆起的腹部;
变形停止的一刹那,奇异的回味

打破了世界的珍贵性。

2004 年 4 月

刺猬

给我讲讲我的前身吧！
或者，告诉我
一条流浪狗和一头野猫
究竟有什么区别？
每次，还没等它们跑到近前
我早已把头深埋在
尖挺的硬刺下，从未正视过
它们的触摸或试探。
我的同伴也都差不多，
对它们的模样毫不知情。
但我能感到它们中的一个
比另一个要温柔、顽皮。
顺便也给我讲讲男人和女人
究竟有何不同。哲学的猫腻
是不是比政治的猫腻
更不容易识别？有没有
比四脚蛇更可口的猎物？
吞食一只小老鼠时，
我的身体会鼓胀如
一部公共财产保护法——
这感觉是不是不太体面？

除了这个蹩脚的名字,
我是否还有其他的名字?
印第安人是如何称呼我的?
满足我的好奇心吧,
或者,继续套用我做原型吧。
要么,就给我交个底,
诗歌的刺猬是否已经产生?

1995 年 2 月　2001 年 4 月

刺猬简史

白天睡觉,梦见这世界
既不是天堂也不是地狱,
无非也就是传统领地被剥夺了原貌,
露出一片坑洼,工地看上去像禁区;
但只要旋转继续蔚蓝,泡沫就巨大。

入夜后,顽强的胃口
将沧桑吞咽成一个旧爱——
幼虫很多,蚂蚁最蛋白,
在其中,大量有害的传染源
转化成它的排泄物,滋养草木

一边出风头,一边欣欣向荣;
温顺是它的拿手戏,但假如
你的爱足够温情,它也会耐心地
教你领略那粗短的棘刺上
光泽度的变化究竟意味着什么。

据说,冬眠时,它能将体温调节到
零下7度,堪称世界上体温最低的
啮齿类动物;所以,异样的响动

一旦来自午夜的坡地,不必怀疑
它的苏醒中也包含着你的清醒。

2019 年 5 月 27 日

像金钱豹一样的天气

相爱到一定程度,
翻滚的白云会加速一个变形,
将羊群赶进蓝色大象的
栖息地;森林和溪水
以倒影为暗号,将我们的姿态
迅速肢解在影子之歌中。
身体的侧面,不像峭壁的地方,
必然意味着附近有
更美的山谷若隐若现。
一只锦鸡飞走后,还会有
一只更漂亮的大猫在两个人之间
跳来窜去,将分离的形影
猛烈地黏合在一起。
怎么转圈都一样,前后都是
脊背很光滑;只有借天光仔细看,
柔和的金色光晕才会溢出
生活之花的边缘,在记忆深处
结痂成永不褪色的黑色环纹。

1997 年 3 月

黑猫简史

感觉到你在靠近后，
它并未回头，而是加快脚步，
迅速跑上小山坡；那里，乱石的旁边，
像是早就有一个备用观察点，
可供它安全地打量世界的危险程度：
对峙的一刹那，它已卷入
诗的动机，成为诗的对象，
就好像它代表着我们与世界的
另一种关系。而它的眼神表明，
它从未读过一首好诗。它喜欢随意的游荡，
随机的捕杀，以及尾随的尽头，
足够的耐心会克服遭遇的偶然性，
带来一次爱的回报。它用它的孤独
忠于自我的本来面目，这似乎
不难理解；而我们不太熟悉的另一面是，
它也用它的游荡忠于世界的本来面目。
在它身上，天性和灵性的混合
充分到假如你也想追踪
从你身上究竟流失过多少野性，
你就不得不用你的游荡
将世界的野蛮再缩小九平方米。

2020 年 3 月 26 日

狸花猫简史

它的背影完美于
人生的缩影已有点模糊；
独自出没，独自面对大地的回音
在寒风中屡屡被打散；

它的眼睛雪亮，像发光的钻石扣子
令你想到只有傻瓜才会鼓吹
天衣是无缝的。对我们来说，
前行道上不乏恼人的障碍；

对它而言，却绝对算得上是
来自隆冬时节的灌木枝条的
无比惬意的全身按摩；如此，
沿着不同的路线，它每天都会

固定出现在喜鹊的叫喊之中，
不是在坡地上，就是在刺槐下。
而如果按人形，将它放大到
你能接受的变形记的极限，

它会显露出天使的一面，

并用十足的野性将生命的灵感
温柔在你和它之间,
仿佛有一种距离会突然缩短。

2019 年 1 月 30 日

白猫简史

除非是精灵,否则爱
不可能在你和它之间
升华成一种毛发浓密的依存。

白色的哈欠才不生硬于
你何时会突然开窍呢。
它的孤独甚至不止是它的游戏。

有好几次,它专注于游戏的模样
将你反向推入上帝的目光:
跳跃之后,充满好奇的追逐

令它像裸奔的白色闪电。
比它更好看的生灵或许会有,
比它更出色的伴侣,绝对无法想象。

因为它的存在,小小的家园俨然如
一个王国;但更意外的是,角落里
居然还有角落里的角落可用于防身。

有余地,天地间才会有味道

慢慢出来。就凭那眼神，
主宰它的，就不可能是可怕的命运。

没什么空虚是它无法填满的。
它是它自己的对象。它治愈过的死亡，
不多不少，正好九次。

2019 年 9 月 25 日

夜猫简史

情人节的夜晚,你没料到,
我事先也没预感,这北方的黑暗
竟会是我们共同的情人。

独自返回居住地,我没料到
在这么深的时间里还能看见
一只精神抖擞的狸花猫。

从灌木下钻出,但浑身的黄毛
干净得就像刚在积雪里翻滚过;
请允许我不再用它来称呼你。

在横穿马路之前,你将被寒风吹拂了
整整一个冬天的枯叶
在夜晚的沉寂里踩得像

正轻轻翻炒着的一锅野菜。
多么奇怪,你的饥饿里不会有我的痕迹,
而我的饥饿里却注定包含着

和你有关的无法示人的情感。

你不具人形，变形记里所有的机关
都拿你没办法，但你仿佛能听懂

在这么深的黑暗里，从人的喉咙里发出的
针对另一个生灵的召唤；
你停下脚步，像一个小码头守候

晚归的渔船那样等着我靠近。
多么对比，在这么深的隐私里，
你吸引我远远胜过我对你的吸引——

对此，我必须有一个清醒的认识。
你拱起可爱的背，蹭着我的脚腕；
友好的表示，但其中的信任

却深奥得像我必须从时间里抓紧
一个奇迹。你的背脊硬得像窄门的门框，
抚摸你，就如同抚摸世界对我的一个纪念。

2019 年 2 月 19 日

波斯猫协会

两只波斯猫对我友好——
它们嗅着我身上的鳍,
确认无误之后,连连喵叫。

至于我自己,在此之前,
从未在生活的镜子中
看见过那些鳍。

它们的兴奋感染了我,
令我也想在它们身上发现点什么;
比如,黑多白少的嫉妒,或嫩黄的真相。

既然纯粹的发现已被开了一个好头,
像这几只波斯猫一样,
我也绝不想借助任何破绽。

几只波斯猫身后,白云的浮力
开始渗透我的助跑;加速,起跳,
然后我就像只白鹳那样,栖息在桅杆上。

整个现场就像动物之间也会有一种语法

竖在耳朵里。你看,即使身上带着鳍,我也不会弄错这些。

1999年11月 2002年9月

黄猫

我们仿佛都知道一个人
活在另一个人的心中
是怎么一回事。但是你,一只猫呢?
你展示过什么?以至于
一个人的记忆
被改造成了一台榨汁机。

抚摸过你的人
为我没有见过你而深深地
向生活叹了一口气。
当然,生活中的雾
不全是由这样的泄气
生成的。其他的吁气呢?

我没有被吹倒,
是因为我一直都漂浮在花的后坐力上。
那些花是你用前爪打伤的。
其他的短气乘以吁气呢?
它们是否形成了
肉体的雾?用弥漫来吞咽。

而你目前的状况
不正是被一种雾带着去旅行?
我的礼物中恰好有一把扇子。
我想象着你曾如何把前爪伸到枕头下,
试图去拨弄它,仿佛它
意味着:凉意太好玩了。

所有的秘密都是一个负担。
但是,甜蜜的,也许可以除外?
我不反驳。就像我担心
反驳是除外的除外。
我也不吐露,比如说,
我和你其实都待在除外里。

你的秘密是你浑然不晓
什么是诡秘,
用偶像把我们带入最远的现实:
仿佛只有在那里,我们的什么,
才能对称于爱的传奇——
而它谐音于喘气难道是巧合?

抚摸过你的人
也抚摸过我。有很长一段时间,
我并未觉察到这两者间
有什么区别。我忙着解释
为什么天真也是一种速度。

如此，你是一种尚未被我怀上的旧。

其实，我只是没有见过
你所有的模样中的一种：
那最特殊的一种，不仅活灵，
而且活现般乖魅。
乖魅是你的方言，是你的
最突出的遗产，但也异常深奥。

已经过去的秋天
仍有一部分可以被你身上的金色继承。
两座城市相距不远，
一南一北坐落在平原上。
平原大得像一个固执的筛子，
轻悄地筛着雾散后你落下的灰。

2001 年 3 月

很多毛

我的猫趴在电视机上,
它在那里学乖,也学会了
如何在有限的角落里
等待一个喜欢嗑瓜子的神。

或坐,或躺,它的命
有时硬得像一道银行里的加法,
有时软得像一顶淋湿的帽子。
它的眼睛明亮得像两个少年犯。

它看我的样子
就好像我是放在椅子上的一口锅。
它学会了如何观察我们之间的距离。
而我,通过它,仿佛学会了被看。

它不知道此刻有几条鱼
正游在画面里,距它的腹部
不过几寸之遥。但它只知道
每隔几天我就会带回一条鱼。

它加入了我的孩子的队伍,

排行老四。它溜进了我的朋友圈子，性情即智慧。如此，它是我的另一块皮，所以我叫它"很多毛"。

2002年12月

绰号黑牡丹丛书

停下来时,它比小煤窑的洞口还黑。
它侧过身看你。它集中了猫身上所有的黑
对准你。它身上的黑将你无限放大。

别的方式似乎都试过了,你只剩下
给它留下的一个印象。是的,有一种直觉甚至深过了
它身上的比黑猫还黑。当然,你是一个好人,

只是你夹杂在它无力分辨的可疑的世界中。
它黑得让你想入非非。顺着它走过的路线看去,
不完美的天堂难道不是你从未捏过的

一块闸皮?从黑旋风到黑牡丹,一个泡沫
轻浮一个名字,它引导你穿越一个悠长的隧道。
也许,叫它黑精灵,会让事情变得简单些。

现在,它径直向你走来。它好像看清了
你身上存有一个洞,它选择了穿越你。
当它消失,它给你留下了一连串的化身。

2009 年 11 月

另一个休谟简史

家里养了条叫休谟的狗,
就是好。世界上的因果关系很复杂,
但每一次它都能找到可爱的突破口,
将它们处理得好像只要你愿意
保持看待世界的天真的眼光,
所有的干扰都不过是流出的口水。
它的天性里有星光的痕迹,
从不害怕世界会有天大的麻烦。
它的记性也很值得人性借鉴;
谁会把切好的胡萝卜丁
带到雪地里呢?它知道,你会。
谁会抓一把小米,匆匆用纸包好,塞进裤兜,
一刻钟后,这些金黄的谷粒将准时投向
雪地深处未知的事件呢?它知道,你会。
它的眼睛犹如一对深情的符号,
所有的动物器官加在一起表达过的东西
也不及从它的眼神里流露出来的东西。
面对面时,它的眼睛看到的
似乎不是你,更像是一束安静的光
朝着你这边坚定地投射过来。
好吧。让我停止跑题,回到这首诗

最初的动机。谁会将迈出门的脚收住，
快步返回客厅，特意从饼干盒里
取出一小袋点心，并将那些掰碎的饼干
扔向比平时散步到的尽头
更远的雪地里呢？它知道，你会。
就好像你的一切，它早已看在眼里。
再次端详时，它的眼神
像是刚跟赫斯提亚较量过，
并让阿弗洛狄忒也跟着败下阵来。

2013年12月　2019年2月

假如被压死的狗也有偏见入门

通往郊区的马路上
经常能看见小狗的尸体——
有时在左侧,有时在右侧,
偶尔由于心理作用,左侧的,
似乎多于右侧的。钢铁的洪流旁,
阴干的冷血像一把红梳子
卡在凌乱的短毛中间。
只有一次,那蜷缩的形状太像了,
令你误以为那肯定是
一只不够小心的流浪猫。
走神或许还可补救,
走眼后,苦果则硬得像铅球。
哪怕看上去有一丝展品的迹象,
都可能涉及神圣的侮辱;
但假如绝对不存在暧昧的展示,
这些小动物和垃圾的区别
会比你和我之间的一道伤口
更可怕。车轮碾过之后,
静止是精致的假象。死亡已发生,
但死亡似乎并不成立。
掩埋从未及时过;除了转动的

车轮，也不会有其他的仪式
将陌生的祭奠慢慢砌入
冬季的人性。突然安静下来的
马路上，每具尸体都是孤立出现的；
它们之间的连线如此可疑地
依赖我们的视线是否连贯；
它们触及的陈列中，死亡
看上去俨然只是一个配角。

2017年2月5日

狗世界丛书

东看看,西瞧瞧,东西
几乎都在风景里:这就是
你,行进中的列车上的
苏格兰小梗犬。世界还不到一岁。
换句话说,世界还很年轻。
这就是你带来的观点。
从头到尾,小小的卷毛令你酷,
令你细致到世界为你倾倒。
哪怕你只是稍微一动,
我们的世界便进入它的角色,
配合你不放过任何东西。
你身上有一条永不过时的进化论,
不。或许不止一条。
你可爱如带你出来的那两个
年轻女孩。她们就坐在对面,
衣着时髦,但举止得体。
你夹在她们中间,占据了
一个座位。你从布袋子里
探出黑如乌炭的小脑袋:
世界真的不是很大,一阵嗅来嗅去,
就把缩影变成了一个好玩的球。

世界就是场景。但是,你会不记取
这个教训:就好像它
专属于我们。你另有一份天真
等着你去启蒙。你悲哀于这世界
本没有莫大的悲哀,但人不同意。

2007 年 1 月

鹅喉羚协会

荒漠深处,湖泊蓝得像
无人能带走的宝石;
寂静之光加深了眺望,
几只像鹿的活物,很快被纠正成
一种羊;据说发情的时候,
好胜的雄性,喉咙会突然膨大,
像公鹅的头。偶然的抵达,
一点也不矛盾于绝对的见证里
有绝对的启示。至少,眼睛闭上时,
它们的影像对得起在动物身上
温柔有时是非常客观的。
即便亲密的接触已没有丝毫的可能,
但至少,它们的黑尾巴漂亮得
让你想扔掉手里的望远镜。

2004 年 4 月

兔子协会

我曾有过一个木雕的兔子，
本以为它只是安静的收藏品，
但只要一有机会，它就喜欢
和我的足球一起待在床底下——

那里，除了灰尘对黑暗的布道，
再就是不便公开的暧昧静寂。
我听不懂它们之间的谈话，
只是觉得那种默默无语不简单。

它带来的，不止是兔子的灵感，
我那时很固执，诗，至少应该是
有东西能让人听得见。
而它让我意识到，兔子的活泼

完全不会因木头而僵硬。
在木雕兔子之前，我还收藏过
一个绒布做的兔子，它倒是常常
安静得像趴在窗台上的猫。

手上有汗的时候，它摸上去

像一堆狡猾的台词。它应该没有心，
但它的耐心绝对比得上一个
正准备参加思想史考试的女孩。

它也应该没有思想，但也许
这一切只是针对常识而言。
随着光线的变化，我越来越清醒：
它的表情从来就没被木头的纹理固定过。

它是玩具，着了魔的小摆设，
只是偶尔才矛盾于小人物伟大的见证——
可用于吐露感情的秘密，
也可用于情绪的发泄。它不怕砸。

2004 年 11 月

白马协会

我向我的白马走去。几天前我听说,
在很多地方,人们也用我的马来称呼时间。
不涉及用纯粹来妥协时,他们总有办法
把所有东西都归入到时间的名下。

我已来到我的马近前——
这一次,它的眼睛温柔如井中的新月,
它的鬃毛如同棕红色的引信,
它的身体里传递着隐隐的雷声。

我长时间地抚摩着它的长颈——
就好像我是在参加一位骑手的葬礼。
我将骑上我的白马飞奔,但我绝不会说
我正骑着驰骋的时间。

我不会怪那些把时间形容为马的人
也许从未骑过马。我和我的马要去寻找一片开阔地——
那里,我将和我的马跳舞,
而你将醒来,成为一名出色的见证人。

1999 年 5 月

豪猪协会

无实体的悲哀如同宇宙的思想里
有许多无法去除的游丝,
正借着我们已扎根在新大陆,
并渐渐适应了极端情绪的
弥漫,再次朝我们飘移过来。

被试探过,近乎被抚摸过——
这深深的错觉残酷于
我们常常以为我们可以
客观地旁观和我们一起
生活在这个星球上的任何动物;

尤其是豪猪。不要迷信屏幕里的
动物世界,不要迷信
已被可疑地贿赂过的镜头,
尤其不要迷信只有远在非洲
才有这玩意,一个温和的狠角色;

出没在枯黄的草丛深处,
当饥肠辘辘的狮子靠近时,
它浑身黑白相间的棘刺会坚挺竖起;

最意外的效果,则来自看不见的手随意一摸:
我们身上同样的硬刺跑到哪儿去了?

2001年3月

铁牛丛书

这故事里果然有滔滔不绝,
大海的显影液起伏如潮汐,
飞沫兼浪花:织着春夏秋冬,
不错过每一天,定时地,它们冲洗我——
就好像我是一张任性的底片。

一部分风俗显影于我,
它反衬出人与大海的邂逅
像一出道德剧。钱塘江口可戏
大小海龙王,波澜解密,
向地方志交代潮汐的加冕礼。

一旦偏离风景,这恢宏的仪典
就会酿成一场天灾:田园蚀毁,亲人亡溺。
与其说大海是大自然的一部分,
还不如说大海是大自然的化身。
涉及化身,也只有自然能免除自然的暧昧。

而守土的人不乏各种替身,
但他们缺少经得起推敲的化身。
人和大海对话,融融月光下,海宁入选

最佳交流地点。在我出现之前,
磅礴的涌潮已淘汰了许多替身。

其实,我只是一头牛,形象于
我的全身已被生铁铸透。
我的舌头是铁的,我的骨头也是铁的——
但这些不会妨碍:我把大海作为我的耕地,
我从潮汐中挤出奔腾的奶水。

2005 年 8 月

狐狸丛书

别的追逐都太真理,
太依赖荒蛮的原始场景,
看上去像迷宫里
又发生了一次地震。

而我拒绝所有的幸存,
即使因为历史的浅薄,听起来
幸存不像是一种侮辱。
我拒绝即将塞进口中的猪毛。

如此,我追逐我,就好像
荒原深处狐狸也在追着
同样的东西;即使你现在说
太阳也是一只狐狸,也为时已晚。

但毕竟,火红的晚霞中藏着
一团变形的毛发,能激发美感。
黄昏多么出没,就好像我身上
脂肪的颤动,取经自狐狸的坚定。

2013 年 5 月　2014 年 1 月

红胸松鼠丛书

在它身上,好动和冲动
互为生动的假象。毛茸茸的大尾巴
偶尔像假肢,却平衡了它的
每个大胆的冲动。它无须小小的计谋,
仅仅凭灵巧,它已是保持距离的大师。
它和你保持的距离几乎
与它和黑熊保持的距离是一样的。
它不打算纠正这里面的微妙。
它可爱如你秘密地练过分身术。
它天生就是个向导,但你却难以
进入它为你安排的旅程。
它从琼海棠树上下来,假装朝沙滩跑去,
然后迅速地折回,你手里的
活泼的零食,难道不是即兴的节目?
它幽亮的目光里有一把细长的勺子。
它看着你时,仿佛能猜透你的一举一动;
你看着它时,仿佛有一扇门刚在沙子里关闭。
海风的跟头已翻进你的头发,
空气中的碗正盛着海浪的催眠曲。

2014 年 1 月 19 日

东山羊丛书

明亮的热带,鹧鸪茶过滤灵芝的记忆。
我们近距离打量彼此。你朴素于
我们有一个容易被我们忽略的
反差。你比大猩猩还乌黑,
以至于幽灵也要黝黑地让你三分。

从你眼眶中射出的黑子弹,
击中了你中有我,但这还不是最致命的。
我们的环境越来越相似——
我害怕你是我的镜子。
但我更害怕,我是你的镜子。

2014 年 1 月 10 日

红猴

如同一个神秘的筹码，
它赌造物主的偏爱
在大地的逻辑中藏得很深，
但也不全是无迹可求；

因为困境是相同的，它也赌
我们知道如何微妙于眼见为实：
时间的流逝中，丛林深处
有一个地方，既是原乡也是乐园。

那里，它大方于我们见过
火狐，火烈鸟，红蜻蜓，珊瑚，
却没见过浑身火红的猿猴；
每一次，身体的秋千都将非凡的

平衡暴露在迟来的感叹中；
外形介于金丝猴和狝猴之间，
但假如只有灵异能抵消人类的傲慢，
它也无惧耀眼的色彩会带来危险。

交错的树枝早搭好了

一个杂技舞台，天生的演员，
纵身跳跃时，它像一个通红的火球，
将世界的葱绿点燃在自然的影子里；

和我们举止接近，但绝非同类；
伐木的声响太粗暴，它因此梦见过
我们仿佛是人类，却不能肯定
进化的道路就一定正确。

2018 年 10 月

绿猴

它真实于有时我们
能真诚地感到自己很无知；
就如同命运的诡谲
陈腐过百分之九十九的悲剧性；
在我们弄清所有的底细之前，
一个卖艺人已和它结下
不解之缘；它被收养，
被紧紧拴着，被神经质的铁链耗尽了
野性的可能性；眼神里
时常飘过几丝愤怒的麻木，
但它从未迟钝于逃脱
是一次机会。所有的感激
都已模糊，它偶尔也会想起
为了保护它不被注射不明液体，
主人曾偷偷在它身上一些关键部位
刷过逼真的绿漆；所以，真的，
假的，从来都只是一个游戏。
屈辱的感觉偶尔也有，像一个小丑，
它被主人利用，在皮鞭的
伴奏下表演各种逗乐的动作；
但围观的间歇，它也知道

它和卖艺人的关系并未简单到
只剩下冰冷的奴役。它吃过
主人自己都舍不得吃的东西；
而动物的记忆会超越情感，
在我们尚未完全能理解的爱中发酵：
它已变成他的亲人，它的陪伴
可以写进最感人的遗嘱。

2018 年 10 月

蓝猴

和贪婪相比,丛林深处的平静
就如同一个针尖。它感到了
异样的刺痛,但并不能解释
为什么来自身体内部的
血液的激动,就好像盗猎者的
砍刀并没有都砍在树枝上。

领地的丧失,意味着
好奇心的失败。它不甘心
它的忧伤只能像冷却的灰烬。
它并不怀疑灵性不能
用于太聪明,就好像它知道
那些被攀缘过的树枝

像宿命里落满灰尘的单杠
堆放在天堂的台阶上。
自然的屏障已被锯断过多次,
吹过树梢的风像时光在倾斜。
它也不原谅自己为什么不能理解
人类会放弃树枝上的游戏。

警告已失效，它躲开危险和堕落的
方式是将它的身体进化到
浑身发蓝；但奇异并非目的，
纯蓝的丝毛可加深一个直觉，
碧蓝的深天里应藏有另外的蓝眼睛，
就好像精灵的爱，只用于秘密的见证。

2018 年 10 月

有关时间的马群

飞逝的时光常常被形容为
奔腾的马群。语言的栅栏
几乎形同虚设;寂静的春天,
时间的马群浑身碧绿;
每一阵风,都像松开的缰绳。
神秘的咀嚼之后,星星犹如裸露的草根。
成熟的季节,时间的马群
清一色都变身为俊朗的枣红马;
飞扬的尘埃落定时,沉思的范围
也突然扩大了。只有在偏僻的夏日,
从白云里蹿出的是几匹
高大的白马,时间的鬃毛
几乎已碰到了树梢;受惊的太阳
看上去像一只通红的马蹄铁,
朝着宇宙的软肋滚落而去。
此时,如果你骑上石头,世界的速度
会明显放慢;如果你骑的
是一头迷路的大象,它会带你
去寻找真正的同伴。

1993 年 3 月 1997 年 11 月

黑骆驼

被砸中的,不止是
爱的情绪。鸟的叫声
也明显减少了。湖水的倒影
只剩下泡软的白银依然渴望
兑现一个怀旧。低垂的夜幕
令星光像安静的琴弦。
这是一个前提,倾听是奢侈的。
而黑眼睛将获得一次自由。
你中有我才不假设
命运女神会不会号脉呢。
如果按住了,孤独不过是一个针眼。
用最大的悬念和人生的低谷周旋过,
你会猛然发现,心跳得像不像
脚尖点地,早就卷入了
距离的组织。许多在白天
显得清晰的事物,将因为你的角度
在夜色的模糊中获得另一种清晰。
比如,隐没在黑暗的轮廓中,
影影绰绰的白皮松和梧桐
就不止像拥抱的影子情人。
小山坡上,时间的细沙

正打磨深色的天衣,以至于
连翘怒放着的立体看上去
犹如睡着的黑骆驼。

2018 年 6 月

野兔

如果没见过一只野兔
被两只荒原狼赶进戈壁,我们交流
究竟有多少双眼睛躲在
这首诗的背后,又有何意义?

奔跑是漂亮的,它尤其属于
那只不肯认命的野兔;
惊艳的爆发力,在急停和转向
以及死亡的阴影中,展现了不止一次。

在它侧后,像被下过注似的,
追赶已接近疯狂,凶险的味道
弥漫在空气中。夹击来自左右,
完美的协调,但下一秒,残酷出于本性。

而怜悯只能得体于神秘。
如果你看到这野兔终于逃脱了
那两只狼的捕杀,你是否愿重新考虑:
一次意外或许真的能改变结局。

1999 年 6 月

野狗丛书

脏乱的毛发,迷离的眼神里
像是有三颗凶狠的钉子
还没有拔出。贴近地平线的
一团肉,比同样大小的石头更重,
滚起来得也更快。一旦它滚动,
地平线就会平行于峭壁。

西西弗斯把更大的石头
推向山顶时,它曾在一旁放哨,
或是充当临时的见证人。
它占据的那个位置,让你看清了
你现在所处的位置。
在你和它之间,有一个距离

还没有被准确地测量过;
所以,它不希望你靠得太近。
当你把从麦当劳买来的食物丢给它,
从它敏捷的身手,你总算看懂了一件事:
对这个世界而言,比起你,
它更擅长判断什么才是垃圾。

看着它,你知道你的心
现在还不够强大,你还不能把它领回家。
但从它流露的眼神,你知道
有一天你的心终会强大到
为它指出:从你的命运里
它可拿走任何东西,却不必归还。

2013 年 2 月　2015 年 5 月

马粪丛书

久违了,马粪。

新鲜的马粪虚软如
刚和豆腐打过赌的灰菇。
但耳朵呢,能听懂这句话中的马粪的耳朵
在哪儿呢?或者,
你能确定还在附近吗?

或者,婉转点,还有升腾的
热气不断散发出来;
经过嗡嗡的叮咛,苍蝇眼中的天堂,
在苍鹰展翅的阴影中
几乎可以忽略不计。

或者,当你没有忘记
你确实曾用一堆马粪取暖,
天才的灰菇也会记得
它曾味道鲜美得就好像你看见
止血药失效时,很想对皮鞭说真话。

大街近在眼前。

马路却很遥远。
马路上，我的童年曾像一桶泼出去的水。
轻扬的尘土纤细如
有一本圣书从未丢失过你的影子。

十一岁，我神圣如昆虫记中的
每个对象都是你的听众。
但耳朵呢？一桶水
一旦泼出去，它制作的回声
真的能在你这儿找到丢失的艺术吗？

久违的马粪确实让真实的诗歌
看上去有点费解。
但迹象更说明问题，腐熟的马粪
可以给苗床带去一种幸福。
腐熟的素材只能面对一种冒险。

不瞒你说，迄今为止，我冒过的
最大的险就是，你不惜血本，
甚至钻进过比窄门还小的缝隙，
穷追到伟大的诗中，咄咄逼问：
你，捡过马粪吗？

2013年3月　2015年5月

夜明砂简史

滚珠般的深色颗粒,
大小都差不多,只是形状不太规则,
草率得有点像你的世界观
还有很大的提升空间。

取自夏天的山洞,每个侧面
几乎都被小铁铲狠狠整过容;
唯有原始的气息还没完全干透,
必须拿到露天,经受烈日的洗礼。

轮到你过手时,上面的积尘和杂质,
按行规,早已被清除得
就好像超越善恶,还用得着
把暧昧的人性也卷进来吗?

研成末,和猪肝一起煮,
一件小事足以令死亡变得透明;
就算是安慰剂,就算你还没彻底看清,
至少蝙蝠的粪便涉及过一个小秘密。

2020 年 3 月 17 日